阿城文集　之二

遍地风流

江苏凤凰文艺出版社
JIANGSU PHOENIX LITERATURE AND
ART PUBLISHING, LTD

七十年代初与朋友黄其煦（前）在云南长途汽车站

美国爱荷华大学国际写作计划的住处，1985 年秋

第一天被褥还未拿来时自拍，可以看出垫子的质量很好。这是大学的学生宿舍，生活条件很好。从窗户可以望见山上聂华苓夫妇的屋顶。我身上长得最快的是毛发和指甲，在美国理一次发较贵，省到后来不得不发长覆背。

自 序

当下好看的书不少，这本书翻开来，却是三十年前的事，实在令人犹豫要不要翻一本旧账。于是来作个自序，免得别人碍于情面说些好话，转过来读者鄙薄的是我。

“遍地风流”、“彼时正年轻”，及“杂色”里的一些，是我在乡下时无事所写。当时正年轻，真的是年轻，日间再累，一觉睡过来，又是一条好汉。还记得当年队上有小俩口结婚，大家闹就闹到半夜，第二天天还没亮，新媳妇就跑到场上独自大声控诉新郎倌一夜搞了她八回，不知道是得意呢还是愤恨。队上的人都在屋里笑，新郎倌还不是天亮后扛个锄头上山，有说有笑地挖了一天的地。这就叫年轻。

年轻气盛，年轻自然气盛，元气足。元气足，不免就狂。年轻的时候狂起来还算好看，二十五岁以后再狂，没人理了。孔子晚年有狂的时候，但他处的时代年轻。

注：一九九八年作家出版社版与二〇〇一年台湾麦田版《遍地风流》均采用此序。

文章是状态的流露，年轻的时候当然就流露出年轻的状态。状态一过，就再也写不到了。所以现在来改那时的文章，难下笔，越描越枯，不如不改。状态原来是不可以欺负的，它任性之极，就是丑，也丑得有志气，不得不敬它。

年轻有一个自觉处，就是学生腔，文艺腔。学生和文艺，都不讨厌，讨厌在套进腔里，以为有了腔就有了文艺。我是中学时从“学生范文选”里觉到这一套的，当时气盛，认为文章不该这样写。那文章应该怎样写呢？不知道。教的又不愿学，学校好像白上了。

我永远要感谢的是旧书店。小时候见到的新中国淘汰的书真是多，古今中外都有，便宜，但还是没有一本买得起，就站着看。我想我的启蒙，是在旧书店完成的，后来与人聊天，逐渐意识到我与我的同龄人的文化构成不一样了。有了这个构成启蒙，心里才有点底。心里有底就会痒，上手一写，又泄气了。我就是带着这种又痒又泄气的状态去插队的。

先是去山西雁北，同去者有黄其煦、龚继遂等五六个人。黄其煦是我的小学同学，又是邻居，龚继遂则是一起去时认识的，这两个朋友现在都在美国而有成就。在桑干河附近的一个村子里，村里先来的是北京男四中和师大女附中的知青，算得是北京中学里的菁英吧。不过让我受益的是一个叫来运的高三学生，面容很像关云长，少言。离开山西前请教于他，他说“像你这种出身不硬的，做人不可八面玲珑，要六面玲珑，还有两面是刺”。这个意思我受用到现在。

继之去内蒙古呼伦贝尔盟阿荣旗，同去的还是黄、龚等人，不过这次还有章立凡、邢红远、李恒久等十来个人。章立凡身长高大，面如脂玉，观之正是所谓玉树临风，在那个讲究穷讲究横的年代真是令人一愣。我父亲有一次从干校回家碰到立凡，将我叫到另外的屋里问“哪里冒出来的”，一脸的又惧又喜。

再去的就是云南了。这次朋友中只有黄其煦，其他则是新朋友关乃炘、孙良华、杨铁刚、张刚。关乃炘好书画金石，好相机，好音响，现在他手工制的“关氏”电子管扩大机，在香港颇有名气。其实关乃炘的“关”，是满清皇族姓瓜尔加的汉转，扩大机的牌子不妨用原音字，好听。我见过“皇家牛肉面”的招牌，皇家人吃牛肉面吗？看来越是皇家越不贴皇家的金。孙良华好音乐，好电工，手里有一把音色奇好的捷克提琴。杨铁刚希望将来作曲。张刚则是职业革命家的坯子。

我在这里写到昔日的青春同路人，想想当时都才十多岁，额头都是透明放光的。

在云南一待就是十年，北京来的朋友们陆续回去北京。我因为父亲的问题，连个昆明艺校都考不进去，大学恢复高考，亦不动心，闲时写写画画。

一九七六年一月，周恩来过世，四月，我在外国电台里听到“四五”的消息。每日还是上山干活，风雨如故，地老天荒。六月，唐山大地震，我探亲回北京，火车进站，一个工人一路摇着一柄锤敲打车轮，忽听得他不知为何大骂“我侖他姥姥的”，很多年没有听到如此纯正的乡音了。九月，毛泽东过世，当天街巷皆有肃杀之气，我替父亲送点东西到前中央美院院长江丰先生家去，在巷口见他坐在矮凳上如老僧入定，说是居委会命他在此观察阶级敌人的活动，我说您自己不就是阶级敌人吗？老人不出声音地笑到眼泪流出来。

回云南到昆明的时候，正遇上王张江姚所谓“四人帮”被抓的消息传来，市面激动。我在朋友家借宿，坐下来写《宠物》，写好了看看，再一次明确文学这件事情真不是随政治的变化而变化。

我习惯写短东西，刚开始的时候，是怕忘，反而现在不怕忘了。忘了的东西一定是记不住的东西，这是废话，不过废话若由经验得来，就有废话的用处。

看消息说今年是知识青年上山下乡三十周年，有要纪念的意思。不过依我的经验，青春这件事，多的是恶。这种恶，来源于青春是盲目的。盲目的恶，即本能的发散，好像老鼠的啃东西，好像猫发情时的搅扰，受扰者皆会有怒气。如果有所谓“知青文学”，应该是青春文学的一类，若是这样，知青这个类，也只有芒克的《野事》一部写得恰当吧。我们现在回头去看所谓“知青文学”，多是无奈，无奈是中年以后的事，与青春不搭边。再往回看到一九四九年，一路来竟无一篇与青春有关，只是些年轻时与政治意义的关系，与政治意义无关的青春，是不能入小说的，“知青小说”的致命伤，也在于此。而青春小说在中国，恕我直言，大概只有王朔的一篇《动物凶猛》，光是题目就已经够了。

青春难写，还在于写者要成熟到能感觉感觉。理会到感觉，写出来的不是感觉，而是理会。感觉到感觉，写出来才会是感觉。这个意思不玄，只是难理会得。

编集旧东西，头皮要硬一些，硬着头皮才能将一些现在看来脸红的东西集在一起送去出版。

一九九八年年底

目 录

遍地风流

峡谷

山被直着劈开，于是当中有七八里谷地。大约是那刀有些弯，结果谷地中央高出如许，愈近峡口，便愈低。

森森冷气漫出峡口，收掉一身黏汗。近着峡口，倒一株大树，连根拔起，似谷里出了什么不测之事，把大树唬得跑，一跤仰翻在那里。峡顶一线蓝天，深得令人不敢久看。一只鹰在空中移来移去。

峭壁上草木不甚生长，石头生铁般锈着。一块巨石和百十块斗大石头，昏死在峡壁根，一动不动。巨石上伏两只四脚蛇，眼睛眨也不眨，只偶尔吐一下舌芯子，与石头们赛呆。

因有人在峡中走，壁上时时落下些许小石，声音左右荡着升上去。那鹰却忽地不见去向。

顺路上去，有三五人家在高处。临路立一幢石屋，门开着，却像睡觉的人。门口一幅布旗静静垂着。愈近人家，便有稀松的石板垫路。

中午的阳光慢慢挤进峡谷，阴气浮开，地气熏上来，石板有些颤。似乎有了噪音，细听却什么也不响。忍不住干咳一两声，总是自讨没趣。一世界都静着，不要谁来多舌。

走近了，方才辨出布旗上有个藏文字，布色已经晒褪，字色也相去不远，随旗沉甸甸地垂着。

忽然峡谷中有一点异响，却不辨来源。往身后寻去，只见来路的峡口有一匹马负一条汉，直腿走来。那马腿移得极密，蹄子踏在土路上，闷闷响成一团。骑手侧着身，并不上下颠。

愈来愈近，一到上坡，马慢下来。骑手轻轻一夹，马上了石板，蹄铁连珠般脆响。马一耸一耸向上走，骑手就一坐一坐随它。蹄声在峡谷中回转，又响又高。那只鹰又出现了，慢慢移来移去。

骑手走过眼前，结结实实一脸黑肉，直鼻紧嘴，细眼高颧，眉睫似漆。皮袍裹在身上，胸微敞，露出油灰布衣。手隐在袖中，并不拽缰。藏靴上一层细土，脚尖直翘着。眼睛遇着了，脸一短，肉横着默默一笑，随即复原，似乎咔嚓一响。马直走上去，屁股锦缎一样闪着。

到了布旗下，骑手俯身移下马，将缰绳缚在门前木桩上。马平了脖子立着，甩一甩尾巴，曲一曲前蹄，倒换一下后腿。骑手望望门，那门不算大，骑手似乎比门宽着许多，可拐着腿，左右一晃，竟进去了。

屋里极暗，不辨大小。慢慢就看出两张粗木桌子，三四把长凳，墙里一条木柜。木柜后面一个肥脸汉子，两眼陷进肉里，渗不出光，双肘支在柜上，似在瞌睡。骑手走近柜台，也不说话，只伸手从胸口掏进去，捉出几张纸币，撒在柜上。肥汉也不瞧那钱，转身进了里屋，少顷拿出一大木碗干肉，一副筷，放在骑手面前的木桌上，又回去舀来一碗酒，顺手把钱划到柜里。

骑手喝一口酒，用袖擦一下嘴。又摸出刀割肉，将肉丢进嘴里，脸上凸起，腮紧紧一缩，又紧紧一缩，就咽了。把帽摘了，放在桌上，一头鬈发沉甸甸慢慢松开。手掌在桌上划一划，就有嚓嚓的声音。手指扇一样散着，一般长短，并不拢。肥汉又端出一碗汤来，放在桌上冒气。

一刻工夫，一碗肉已不见。骑手将嘴啃进酒碗里，一仰头，喉结猛一缩，又缓缓移下来，并不出长气，就喝汤。一时满屋都是喉咙响。

不多时，骑手立起身，把帽捏在手里，脸上蒸出一团热气，向肥汉微微一咧嘴，晃出门外。肥汉梦一样呆着。

阳光又移出峡谷，风又窜来窜去。布旗上下扭着动。马鬃飘起来，马打了一串响鼻。

骑手戴上帽子，正一正，解下缰绳，马就踏起四蹄。骑手翻上去，紧一紧皮袍，用腿一夹，峡谷里响起一片脆响，不多时又闷闷响成一团，越来越小，越来越小。

耳朵一直支着，不信蹄声竟没有了，许久才辨出风声和布旗的响动。

溜索

不信这声音就是怒江。首领也不多说，用小腿磕一下马。马却更觉迟疑，牛们也慢下来。

一只大鹰旋了半圈，忽然一歪身，扎进山那侧的声音里。马帮像是得到信号，都止住了。汉子们全不说话，纷纷翻下马来，走到牛队的前后，猛发一声喊，连珠脆骂，拳打脚踢。铃铛们又慌慌响起来，马帮如极稠的粥，慢慢流向那个山口。

一个钟头之前就感闻到这隐隐闷雷，初不在意，只当是百里之外天公浇地。雷总不停，才渐渐生疑，懒懒问了一句。首领也只懒懒说是怒江，要过溜索了。

山不高，口极狭，仅容得一个半牛过去。不由捏紧了心，准备一睹气贯滇西的那江，却不料转出山口，依然是闷闷的雷。心下大惑，见前边牛们死也不肯再走，就下马向岸前移去。行到岸边，抽一口气，腿子抖起来，如牛一般，不敢再往前动半步。

万丈绝壁飞快垂下去，马帮原来就在这壁顶上。转了多半日，总觉山低风冷，却不料一直是在万丈之处盘桓。

怒江自西北天际亮亮而来，深远似涓涓细流，隐隐喧声腾上来，着一派森气。俯望那江，蓦地心中一颤，惨叫一声。急转身，却什么也没有，只是再不敢轻易向下探视。叫声漫开，撞了对面的壁，又远远荡回来。

首领稳稳坐在马上，笑一笑。那马平时并不觉雄壮，此时却静立如伟人，晃一晃头，鬃飘起来。首领眼睛细成一道缝，先望望天，满脸冷光一闪，又俯身看峡，腮上绷出筋来。汉子们咦咦喂喂地吼起来，停一刻，又吼着撞那回声。声音旋起来，缓缓落下峡去。

牛铃如击在心上，一步一响，马帮向横在峡上的一根索子颤颤移去。

那索似有千钧之力，扯住两岸石壁，谁也动弹不得，仿佛再有锱铢之力加在上面，不是山倾，就是索崩。

首领缓缓移下马，拐着腿走到索前，举手敲一敲那索，索一动不动。首领瞟一眼汉子们。汉子们早蹲在一边吃烟。只有一个精瘦短小的汉子站起来，向峡下弹出一截纸烟，飘飘悠悠，不见去向。瘦小汉子迈着一双细腿，走到索前，从索头扯出一个竹子折的角框，只一跃，腿已入套。脚一用力，飞身离岸，嗖的一下小过去，却发现他腰上还牵一根绳，一端在索头，另一端如带一缕黑烟，弯弯划过峡顶。

那只大鹰在瘦小汉子身下十余丈处移来移去，翅膀尖上几根羽毛被风吹得抖。

再看时，瘦小汉子已到索子向上弯的地方，悄没声地反着倒手拨索，横在索下的绳也一抖一抖地长出去。

大家正睁眼望，对岸一个黑点早停在壁上。不一刻，一个长音飘过来，绳子抖了几抖。又一个汉子站起来，拍拍屁股，抖一抖裤裆，笑一声：“狗日的！”

三条汉子一个一个小过去。首领哑声说道：“可还歇？”余下的汉子们漫声应道：“不消。”纷纷走到牛队里卸驮子。

牛们早卧在地下，两眼哀哀地慢慢眨。两个汉子拽起一条牛，骂着赶到索头。那牛软下来，淌出两滴泪，大眼失了神，皮肉开始抖起来。汉子们缚了它的四蹄，挂在角框上，又将绳扣住框，发一声喊，猛力一推，牛嘴咧开，叫不出声，皮肉抖得模糊一层，屎尿尽数撒泻，飞起多高，又纷纷扬扬，星散坠下峡去。过了索子一多半，那边的汉子们用力飞快地收绳，牛倒垂着，升到对岸。

这边的牛们都哀哀地叫着，汉子们并不理会，仍一头一头推过去。牛们如商量好的，不例外都是一路屎尿，皮肉疯了一样抖。

之后是运驮子，就玩一般了。这岸的汉子们也一个接一个飞身小过去。

战战兢兢跨上角框，首领吼一声：“往下看不得，命在天上！”猛一送，只觉耳边生风，聋了一般，任什么也听不见，僵着脖颈盯住天，倒像俯身看海。那海慢慢一旋，无波无浪，却深得令人眼呆，又透远得欲呕。自觉慢了一下，急忙伸手在索上向身后拨去。这索由十几股竹皮扭绞而成，磨得赛刀。手划出血来，黏黏的反倒抓得紧索。手一松开，撕得钻心一疼，不及多想，赶紧倒上去抓住。渐渐就有血溅到唇上、鼻子，自然顾不到，命在天上。

猛然耳边有人笑："莫抓住鸡巴不撒手，看脚底板！"方才觉出已到索头，几个汉子笑着在吃烟，眼纹一直扯到耳边。

慎慎地下来，腿子抖得站不住，脚倒像生下来第一遭知道世界上还有土地，亲亲热热跺几下。小肚子胀得紧，阳物酥酥的，像有尿，却不敢撒，生怕走了气再也立不住了。

眼珠涩涩的，使劲挤一下，端着两手，不敢放下。猛听得空中一声呼哨，尖得直入脑髓，腰背颤一下。回身却见首领早已飞到索头，抽身跃下，拐着腿弹一弹，走到汉子们跟前。有人递过一支烟，嚓的一声点好。烟浓浓地在首领脸前聚了一下，又忽地被风吹散，扬起数点火星。

牛马们还卧在地下，皮肉乱抖，半个钟头立不起来。

首领与两个汉子走到绝壁前，扯下裤腰，弯弯地撒出一道尿，落下不到几尺，就被风吹得散开，顺峡向东南飘走。万丈下的怒江，倒像是一股尿水，细细流着。

那鹰斜移着，忽然一栽身，射到壁上，顷刻又飞起来，翅膀一鼓一鼓地扇动。首领把裤腰塞紧，曲着眼望那鹰，抖一抖裆，说："蛇？"几个汉子也望那鹰，都说："是呢，蛇。"

牛们终于又上了驮，铃铛朗朗响着，急急地要离开这里。上得马上，才觉出一身黏汗，风吹得身子抖起来。手掌向上托着，寻思几时才能有水洗一洗血肉。顺风扩一扩腮，出一口长气，又觉出闷雷原来一直响着。俯在马上再看怒江，干干地咽一咽，寻不着那鹰。

洗澡

中午的太阳极辣，烫得脸缩着。半天的云前仰后合，被风赶着跑，于是草原上一片一片地暗下去，又一片一片地亮起来。

我已脱下衣服，前后上下搔了许久。阳光照在肉上，搔过的地方便一条一条地热。云暗过来，凉风拂起一身鸡皮疙瘩，不敢下水。

这河大约只能算作溪，不宽，不深，绿绿地流过去。牧草早长到小腿深，身上也已经出过两个月的汗，垢都浸得软软的，于是时时把手伸进衣服里，慢慢将它们集合成长条。春风过去两个月，便能在阳光下扒光衬衣裤，细细搜捡着虱子们。

远远有一骑手缓缓而来，人不急，马更不急，于是有歌声沿草岗漫开。凡开阔之地的民族，语言必像音乐。但歌声并无词句，只是哦哦地起伏着旋律，似乎不承认草原比歌声更远。

骑手走近了，很阔的一个脸，挺一挺腰，翻下马来，又牵着马，慢慢走到河边，任马去饮。骑手看看我，说："热得很！"我也说："热得很。"他又问："要洗澡？"我说："要洗澡。"他一边解开红围腰，一边说："好得很！好得很！"

骑手将围腰扔在草上，红红的烫眼睛。他又脱下袍子，一扔，压在围腰上。围腰还是露出一截，跳跳的。

骑手把衣服都脱了，阳光下，如一块脏玉，宽宽的一身肉，屁股有些短，腿弯弯的站在岸边，用力地搔身上。

他又问："洗澡？"我说："洗澡。"他就双手拍着胸，向水里蹚去。水没到小腿的一半。

忽然他大吼一声，身子一倾，扑进水里。水花惊跳起来，出一片响声。不待水花落下去，他早又在水里翻过身来，双手挖水泼自己，嘴里嗬嗬地叫着。

我站起来，也不由用手拍着胸腹，伸脚向水里探去，但立刻觉得小肚子紧起来。终于是要洗，不能管凉，慎慎地往下走。

冷不防身上火烫也似凉得抖一下，原来骑手在用力挖水泼过来。我脚下一个不稳，跌到水里。

水还糊住眼睛，就听得骑手在嗬嗬大叫。待抹掉脸上的水，见骑手埋在水里，只露一张阔脸在笑。

我说："啊！凉得很！"骑手说："凉得很！"

我急忙用手使劲搓胸前，脸上，腿下，又仰倒在水里。水激得胸紧紧的，喘不出大口的气。天上的云稳稳地快跑。

骑手又哦哦地唱起歌，只是节奏随双手的动作在变，一会儿双手又随歌的节奏在搓。他撅起屁股，把头顶浸到水里，叉开手指到头发里抓，歌声就从两腿间传出来。抓完头，他又叉开腿，很仔细地洗下面的东西，发现我在看他，很高兴地大声说："干净得很！"

我也周身仔细地搓，之后站起来。风吹过，浑身抖着，腮僵得硬硬的，缩缩地看一看草原。

忽然发现云前有一块黄，惊得大叫一声，返身扑进水里。骑手看看我，我把手臂伸出去一指。

对岸一个女子骑在马上，宽宽的一张脸，眼睛很细，不动地望着我们。

骑手看到了她，并不惊慌，把手在胸前抹一抹，阔脸放出光来，向那女子用蒙语问，意思大约是：没有见过吗？

那女子仍静静跨在马上，隐隐有一些笑意。骑手弯下腰去掬一些水，举到肩上松开手，身上沿着起伏处亮亮地闪起来。

那女子说话了，用蒙语，意思大约是：这另外一个人是跌倒了吗？骑手嘀嘀笑了，说："汉人的东西和我的不一样，他恐怕吓着你！"

我分明感到那女子向我盯住看，不由更向水里缩下去。

那女子又向骑手说了："你很好。"骑手一下子得意得不行，伸开两条胳膊舞了一下，又叭叭地拍着胸膛，很快地说："草原大得很，白云美得很，男子应该像最好的马，”他的声音忽然轻柔极了，只有蒙语才能这样又轻又快又柔：“你懂得草原。”

那女子向远处望了一下，胯下的马在原地倒换了一下蹄子。她也极快地说：“草原大得孤独，白云美得忧愁，我不知道是不是碰到了最好的马，也许我还没有走遍草原。”

骑手呆住了，慢慢低下头去看河水。那女子声音极高地吆了一下马，马慢慢地摆着屁股离开河边跑去。骑手抬起头来，好像在看天上的河水，忽然猛猛地甩甩头发，走到岸上，很快地把衣服穿起来。又一边慢慢裹着围腰，一边看着远去的黄头巾。骑手一摇一摇地去牵走远了的马，唱起歌来，那大致的意思是：

最好的马在呼伦贝尔
马儿在呼伦贝尔最好
因为呼伦贝尔草原最好
最好的马在呼伦贝尔
马儿在呼伦贝尔最好
因为呼伦贝尔骑手最好

马儿跑遍草原
女人走遍草原
但在呼伦贝尔草原停下来

马儿停在这里
女人留在这里
成吉思汗的骑手从这里开拔

那女子走得极远了，停下来。骑手一直在望着她，于是飞快地翻上马去，紧紧勒住皮缰，马急急地刨几下蹄子。骑手猛一松缰，那马就箭一样笔直地跑进河里，水扇一样分开。马又一跃到对面岸上，飞一样从草上飘过去。

阳光明晃晃地从云中垂下来，燃着了草岗上一块红的火，一块黄的火。

雪山

太阳一沉，下去了。众山都松了一口气。天依然亮，森林却暗了。路自然开始模糊，心于是提起来，贼贼地寻视着，却不能定下来在哪里宿。

急急忙忙，犹犹豫豫，又走了许久，路明明还可分辨，一抬头，天却黑了，再看路，灰不可辨，吃了一惊。

于是摸到一株大树下，用脚蹚一蹚，将包放下。把烟与火柴摸出来，各抽出一支，正待点，想一想，先收起来。俯身将草拢来，择干的聚一小团，又去寻大些的枝，集来罩在上面。再将火柴取出，试一试，划下去。硫火一蹿，急忙拢住，火却忽然一缩，屏住气息，终于静静地燃大。手映得透明，极恭敬地献给干草，草却随便地着了，又燃着枝，噼噼啪啪。顾不上高兴，急忙在影中四下望，抢些大枝，架在火上。

火光映出丈远，远远又寻些干柴。这才坐下，抽一枝燃柴，举来点烟。火烤得头发一响，烟也着了。烟在腔子里胀胀的，待有些痛，才放它们出来，急急的没有踪影，一尺多远才现出散乱，扭着上去。那火说说笑笑，互相招惹着，令人眼呆。渐渐觉出尴尬，如看别人聚会，却总也找不出理由加入，于是闷闷地自己想。

雪山是应该见到了，见到了，那事才可以开始。而还没有见到，于是集了脑中的画片，一页一页地翻，又无非是白的雪，蓝的天，生不出其他新鲜，还不如眼前的火有趣，于是看火。火中开始有白灰，转着飘上去，又作之字形荡下来。咔嚓一声，燃透的枝塌下来，再慢慢地移动。有风，火便小吼，暗一暗，再亮一亮，又暗一暗。柴又一塌，醒悟了，缓缓压上几枝，有青烟钻出来，却又叭的一声，不知哪里在爆。

依然不能加入火，渐渐悟到，距离的友谊，也令人不舍与向往。心里慢慢宽起来，昏昏的就想睡。侧身将塑料布摊开，躺上去，一滚，把自己包了。

时时中觉出火的集会渐渐散去，勉强看看，小小的一点红，只剩一个醉汉的光景。似梦非梦，又是白的雪，蓝的天，说不清的遥远。有水流进来，刚明白是雾沉下来，就什么也不愿再知觉。

梦中突然见到一块粉红，如音响般，持续而渐强，强到令人惊慌，以为不祥，却又无力闪避，自己迫自己大叫。

却真的听见自己大叫，真的觉到塑胶布在脸上，急忙扯开，粉红更亮，天地间却静着，原来非梦，只是混沌中不理知那粉红就是晨光中的山顶。痴痴地望着，脑中渐渐浸出凉与热，不能言语。

山顶是雪。

湖底

后半夜，人来叫，都起了。

摸摸索索，正找不着裤子，有人开了灯，晃得不行。浑身刺痒，就横着竖着斜着挠。都挠，咔哧咔哧的，说，你说今儿打得着吗？打得着，那鱼海了去了。听说有这么长。可不，晾干了还有三斤呢。闹好了，每人能分小二百，吃去吧。

人又来催。门一开，凉得紧，都叫，关上关上！快点儿快点儿，人家司机不等。这就来，也得叫人穿上裤子呀！穿什么裤子，光着吧，到那儿也是脱，怎么也是脱。

不但裤子穿上了，什么都得穿上，大板儿皮袄一裹，一个一个地出去，好像羊竖着走。

凉气一下就麻了头皮，捂上帽子，只剩一张脸没有知觉。一吸气，肺头子冰得疼。真他娘冷。真他奶奶冷。玩儿命啊。吃点子鱼，你看这罪受的。

都说着，都上了车。车发动着，呼的一下蹿出去，都摔在网上了，都笑，都骂，都不起来，说，躺着吧。

草原冻得黑黑的，天也黑得冷，没一个星星不哆嗦。就不看星星，省得心里冷。

骑马走着挺平的道儿，车却跑得上上下下。都忍着说，颠着暖和。天却总也不亮，都问，快到了吧？别是迷了。

车也不说一声儿，一下停住。都滚到前头去了，互相推着起来，都四面望，都说，哪儿哪？怎么瞅不见呀？车大灯亮了，都叫起来，那不是！

草原不知怎么就和水接上了。灯柱子里有雾气，瞅不远。都在车上抓渔网，胡乱往下扔。扔了半天，扔完了。都往下跳，一着地，嘀，脚腕没知觉，跺，都跺，响成一片。

车转了个向，灯照着网。都择，择成一长条，三十多米，一头拴在车头右边。刚还黑着，一下就能看见了，都抬头，天麻麻亮。都说，刚才还黑着呢。

先拢起一堆火。都伸出手，手心翻手背，攥起来搓，再伸出去，手背翻手心，摸摸脸，鼻头没知觉。都瞅水。

说是湖，真大，没边儿。湖面比天亮着几成。怪了，还没结冰。都说，该结了，怎么还没结呢？早呢，白天还暖和呢，就是晚上结了，白天也得化。这才刚立秋。妈的，刚立秋就这么冷。后半夜冷。关外不比关里。北京？北京立秋还下水游泳呢！霜冻差不多了，霜冻也没这疙冷。

酒拿出来了，说，都喝。喝热了，下水。火不能烤了，再烤一会儿离不了，谁也不愿下了，别烤了，别烤了。都离开了，酒传着喝。

天一截比一截亮。湖纹丝不动。

都甩了大羊皮袄，缩头缩脑地解袄扣子。绒衫不脱，脱裤子。往下一褪，毛都奓起来，卵子缩成一团。都赶紧用手搓屁股，搓大腿，搓腿肚子，咔哧咔哧的。

搓热了，搓麻了，手都搓烫了，指尖还冰凉。都佝着腰，一人提一截网，一长串儿，往水里走。

都嚷，妈的，这水真烫啊！要不鱼冻不死呢，敢情水里暖和。你说人也是，咋不学学鱼呢？嘿，人要学了鱼，赶明儿可就是鱼打人了。把人网上来，开膛，煺毛，抹上盐，晾干了，男人女人堆一块儿，鱼穿着袄，喝着酒，一筷子一筷子吃人，有熏人，有蒸人，有红烧人，有人汤。

都笑着，都哆嗦着，渐渐往深里走。水一圈儿一圈儿顺腿凉上来。最凉是小肚子，一到这儿，都吆喝。

水是真清。水底灰黄灰黄的。脚碰到了，都嚷，嘿，踩着了，懒婆娘似的，天都亮了，还不起！别嚷别嚷，鱼一会儿跑了。

网头开始往回兜，围了一大片。人渐渐又走高了，水一点一点浅下去。水顺着腿往下流，屁股上闪亮闪亮的。都叫，快！快！冻得老子顶不住了！

天已大亮，网两头都拴在车头后面。司机说，好了没有？都说，好了好了，就看你的了！

半天没动静。司机一推门，跳下来，骂，妈的，冻上了，这下可毁了！都光着屁股问，拿火烤烤吧？

司机不说话，拿出摇把摇。还是不行，就直起腰来擦一下头。都在心里说，嘿，这小子还出汗了。

司机的胳膊停在脑门上，不动，呆呆的。

都奇怪了。心里猛的一下，都回过头去。

一疙瘩红炭，远远的，无声无息，一蹿，大了一点儿。屁股上都有了感觉。那红炭又一蹿，又大了一点，天上渗出血来。都噤声不得，心跳得咚咚的，都互相听得见，都说不出。

还站在水里的都一哆嗦，喉咙里乱动。听见那怪怪的声音，岸上的都向水里跑。

湖水颤动起来，让人眼晕，呆呆地看着水底。灰黄色裂开亿万条缝，向水面升上来。

奶奶的！都是鱼。

彼时正年轻

天骂

太行山隔成山东山西，黄河断开河南河北。

山东河北河南乃川地，可车马疾驰，古久兵来将往。近代通火车，哐哐哐哐，开得人昏昏欲睡。

太行以西，山西陕西甘肃青海，一台高过一台，至昆仑，古人说是天上，有瑶池，住西王母。诗人说，黄河之水天上来。因此，要登天，太行是第一阶。鲁地的泰山，只是平川里祭天的小台子吧。

王小燕插队到吴村，早上起来，开门见山，心里觉得太行真是妩媚。无非是石头，却有石头的样子，无非是山，却觉得是真山。山头常有大平地，地边塌了，石头滚很远，留在谷底，好像是山头的远房亲戚。有豹子，眯着眼看看太阳，静静地走。有野雉，妖妖娆娆，飞不远，落下去，却和山色混起来，找不见了。有十几只羊，后头跟着个穿羊皮的人。

地里的活计很杂，东一小片谷，西一小片粟，常常锄了几十棵苞米的草，就肩着锄，弯弯曲曲走好远，再锄十几棵苞米的草。

一天下来，说不上是累，还是不累。躺在炕上，手麻麻的，脚热热的，胯酸酸的，炕硬硬的，把屁股压得扁扁的，于是翻身，腰又弯弯的。坐起来，走出去，天黑黑的，一股热石头味儿。

回到屋里，点上油灯，翻来找去，没有什么可看的。于是看灯，看灯火苗儿上的一缕烟，缥缥缈缈。忽然房东不知在什么地方说，姑娘，油贵哩，早些息下吧。

小燕就息下了，做各种各样的梦。

懵懂里听得鸡叫，鸡叫就鸡叫吧，又困过去。懵懂里又听得鸡叫，听听，房东在烧灶，噼噼啪啪，心里明白是早上了。睁开眼躺着，却听出来不是鸡叫，是个婆姨在远远地高声叫。叫的什么，小燕听不懂。

小燕起来，抹了脸，知道这里水金贵，没有敢刷牙，心里预备着没人的时候再刷牙。坐下来，和房东老两口吃东西，无非是苞谷。杨树叶在水里泡了一年，酸酸的，很苦，捞在碗里下饭。以为像城里小铺子卖的橄榄，嚼嚼就会回甜，于是低下头嚼，很久很久，还是苦的，只得咽了。抬起头来，房东在笑，说，城里那多粮，怎就养不下个姑娘，来这搭受？

小燕欲讲再教育的道理，想想，问，这是谁在叫什么，好半天了？

房东听听，夹了一箸杨树叶放在嘴里嚼，说，喏，吴黑狗家的丢了扫帚，在天骂哩，中晌扫帚就回了。

原来若谁家丢了什么少了什么，或有何事故怨屈，则当家的女人就到房上扯开喉咙吼，诅天咒地，气势雄浑，指斥爹娘，具体入微，被诅咒者受不了这天骂，只得将拂去之物悄悄还回。

小燕于是凡有天骂便仔细听，渐渐也懂了男女之事，因为天骂的菁华，无非是详细描述人体器官及其功能，上至祖先，下及孙儿，所谓诅咒，无非是器官的功能不得顺利发挥，或没有结果，或很困难，或，等等等等。

小燕亦反而明白了许多生活禁忌，例如来信后不可冷水浸脚，因为天骂讲了让你来信歪在沟沟里，脚折屄涩肚腹痛；例如不可腹背式媾合，因为天骂讲了产下儿孙是猪狗，这一条小燕倒不太信，怎么会呢？无非骂人是猪狗。

小燕有一次想到若自己到房顶去骂，可会如此嘹亮，如此机智，如此富于想象，如此经验老到，如此气吞太行，如此妩媚？

小燕后来在村里嫁汉生子，早晨起来，生火造饭，听着谁家女人在屋顶主持现场广播，任灶膛的火光在脸上撩来撩去，默默地等待自己于太行山的第一次天骂。

小玉

温小玉，一九六八年的时候十六岁。人长得平常，满街走的都是和小玉差不多的女孩子，所以小玉并不显得特出。

只有认识小玉的人，才会在街上对也认识小玉的人说，瞧，那人长得多像小玉。听到这话的人会仔细看那个像小玉而不是小玉的女孩子，说，是挺像的。或者说，不像不像，差远了去了，小玉那股劲儿！

小玉显得有点儿傻，跟她说话的人一般都不认为她听懂了别人话里的意思，所以闹误会的总是别人。

小玉虽然显得有点傻，可是不愣，也不呆，只是显得有点儿傻。同年龄的男孩子们说到小玉，总要显出一副大人样，说，小玉那个傻劲儿真难拿。可是男孩子们总是慌慌张张找些理由去小玉那里，或者说话很粗鲁，或者讲一条极秘密的政治消息，或者痛骂某某某，再或者，搬弄人生或者哲学。种种或者，都不能让小玉显得聪明起来，男孩子们都对自己得到了什么疑神疑鬼。

那年冬天，学校的布告公布了插队的地点，大家在小玉那儿议论，山西之后是陕西。陕西之后呢，看来是甘肃，趋势是离北京越来越远，反正是得插队，再不决定，后悔莫及。

小玉说，我已经报名了。屋里的人都啊了一声，之后是劝，说，陕北可苦啊。小玉说，那怎么办呢？有人用疑问句劝了，说，那你的琴怎么办呢？

小玉弹钢琴。

小玉弹起琴来，也是有点傻，好像是东摸摸，西碰碰，可是意思就摸摸碰碰地出来了。谁也说不清是怎么出来的。有人说，这哪里是弹琴，这就是在摸你的脑袋嘛。大家就骂，认为比喻得真俗，怎么是摸脑袋，应该是摸心。又有人骂，真肉麻。问小玉，小玉说，琴键光光滑滑的，不信你们摸。

小玉的父母都是在六六年死去的。小玉一家原来住一个单元，于是搬进来两家，占了两间，小玉住一间。这一间容得下一个琴，就再容不下一张床了。人来了，顺着墙脚坐，或者就站着。小玉是睡在琴上面的，所以小玉弹琴，常常是盯着被面上的小素花。

另外的两家很烦小玉弹琴，可是看着进进出出一脸青春痘的半大小子们，不敢说什么，只是奇怪那么小的房间怎么容得下那么多人。

很多人来帮小玉打行李，小玉非要把琴带到村儿里去，琴要拆开，分装成四件。

火车到了西安，行李换到汽车上，汽车到了铜川，行李换到马车上，马车到了县里，行李换到牛车上，到了公社，就是村里的人来扛了。村里的人嫌小玉的行李沉，知识青年说，这是抽水机。

村离公社五十里，一伙人在沟里走，十冬腊月，扛琴的人汗在脸上冻成冰碴。小玉说，我不要了，扔了吧。村里人说，抽水机是金贵东西，咱村没电，等日后有电，好大的用场，咋敢就扔了？

小玉说，那是琴，扔了吧。村里人没见过这么大的琴，愈发要扛回去。

琴没有装起来，因为螺钉不知道掉到哪里去了。拉弦钢板靠在队部的墙上，村里的小孩子用小石头扔，若打中了，嗡的一声，响好久。

兔子

我认识李意的时候，不知道他是“兔子”。我们都是十七岁，他小我七个月。

我们后来插队在同一个村，五个男知青同睡一个炕，晚上挤在一起，之间隔着两个人的被。

冬天活计少，晚上又无聊，大家就讲故事。讲什么呢？讲爱情的吧。于是讲各种奇怪的爱情和千篇一律的爱情。

其实倒也不觉得爱情是千篇一律的，原因是炕边上有一盏油灯。古来的故事都是在油灯边上讲的，所以油灯于故事功莫大焉。很平庸的故事，油灯下讲，就都活动无边。第二天，太阳底下想起来，停锄大骂。

有一天，故事讲到一半，一个人出去解手。正在窗外哗哗着，忽听得有女人的声音，原来是住在隔壁的女生，问，你们干么呢？解手的人说，没事儿，瞎讲故事。女生说，那我们能听吗？解手的人说，嗯，我问问。

进来一问，都说行啊来吧。正收拾着炕上，呼啦进来五个女生，进来就四下看，好像有东西丢在这里，又不好意思说。

女生一进来，男生的爱情故事就不好讲了。女生催，李意说，咱们讲奇怪的吧。讲奇怪的我最拿手，于是就讲了一个。

说是万历年间，皇帝有一天闲得慌，就叫太监讲个故事来解闷儿。太监说，“一个太监”，之后半天不说话。皇帝奇怪了，问，下边呢？太监说，没有啦。

大家都瞪着我，我也半天不说话。女生性急，问，后头呢？我说，后头长尾巴了。大家就乱笑乱骂，气氛活跃起来。气氛一活跃，故事就来了。讲故事最怕人瞪着你，很诚恳地说，听说你会讲故事，讲一个吧。

活跃是活跃了，男生女生初在一起还是不习惯讲爱情故事，于是一个女生突然压低了声音说，告诉你们，我们院儿啊，有个女的，你们猜怎么着，她和一个女的好。

大家都一愣，说，那怎么了？这个女生说，嗐，你们怎么就不明白呢，她和那女的那个……油灯，我说过了，油灯于故事功莫大焉，大家都明白了。

于是这一晚上就都是那个了。这真是巧妙的一晚上，借着同性故事的那个，渗透异性的那个。鸡叫头遍了，女生们困脸上两眼贼亮，说，我们得回去了，明天我们带点儿灯油来，别老用你们的。才一个晚上，就已经“老”了。

男生这边开着“老”的玩笑，各怀鬼胎，纷纷钻进被窝，立刻就没声息了。

窗纸蒙蒙亮的时候，我醒了一下，立刻觉得有人和我在一个被窝里，从位置判断，我知道是李意。这一夜的故事情节和各种对那个的推测一下都具体到我的后背上了。李意睡得很死，鼻子里的气弄得我的脖子湿奄奄的。

黎明是冷的。我一直没动，一直没敢动。

天亮的时候，李意离开了。我悄悄侧过头去，看着逐渐清晰起来的他的少年人的脸，想着昨晚一屋子的各种笑声，我真不该讲那个太监的故事。唉，少年人，怎么办？

专业

从北京西直门向西北，经怀来、宣化，出张家口，折西南，过万全、怀安、阳高，便是大同。由大同北上丰镇，可达集宁，已是出了山西，不提。

大同居雁北。再向西，越长城，涉沙漠，到喇嘛湾，已是黄河边上，还是出了山西，不提。

大同向南，走怀仁、山阴、朔县，下宁武、原平，过忻州，太原在望，已是晋中，渐富庶，人多食麦，与雁北不可同日而语，也不提。

雁北乃吝啬之地。长寸草，以为可稼穑。穑时，瘦麦瘠粟，不稼也罢。不长好树，恶木亦不甚生长。一条桑干大河，润泽潦草，逃也似东去河北。闻名景观，倒有云冈、五台、北岳恒山、浑源悬空寺，再，就是大风。

左云在东，右玉在西，左右却是对北来者而言。塞外风起，疾行千里，正飞沙走石得痛快，突逢左云右玉有山百里对峙，狭路越急，发怒吼，东触太行，扶摇直上，凌空压顶，河北有得好看了。

公元一九六七年冬，北京有万把初中高中学生西来雁北，自备行李，自觉或不自觉地到各村去，接受当地贫下中农的再教育。

一亩粟，一人是种，十人也是种，却不会因十人种而产十倍粟。夺口中粮，贫下中农，不但贫下中农，队里，大队里，公社里，县里，地区里，都不情愿再教育一下这些肠胃正旺的知识青年。

怀仁郑村住进五个学生，张，王，李，赵，林。张王李赵林在一个学校一个年级一个班，念到高中三年级，都想考一所大学，非清华，即北大，整日雄心像钥匙般拴在身上，不料毕业考试刚过，“文化大革命”兴，破四旧，第一破的就是高考制度。来年，上山下乡起。张王李赵林聚在郑村的炕上，点一盏油灯，胡扯永恒的主题。爱情不在嘴上，于是谈政治，论经济，谈论政治经济学。讲相对论，分广义、狭义，题目都很大。理解不太相同，于是争，站起又坐下，下炕复上炕，声震屋瓦，穿墙透壁，引得郑村的狗吠成一片。两三里外杨村的狗亦警觉，也吠成一片，渐吠渐广，几成燎原之势。

郑村冬天无活计，只有晨起拾粪，用不到学生。竟日大风。忽一日，天气晴和，老鼠都出来晒太阳。张王李赵林决定到怀仁县城走一遭。

阳光下的雁北，竟有些晃眼。张王李赵林不同程度地流了些泪，纷纷揉着，沿大路走了五个钟头，到得城里。城里亦是破败，好歹因革命需要，用红漆标语装点着。张王李赵林寻到一间饭铺，破费就破费吧，点了肉，引得叫化子轮番乞讨。张王李赵林吃得气血上升，又论起来，倒让叫化子们远远围着看不要钱的戏。题目依然大，而且专业。

跑堂的忽然说了话，你们吵的什么，我不懂。不懂就是不懂，不能装懂。毛主席他老人家伟大就是伟大，他老人家没在语录里指示么？张王李赵林说没有，这是专业问题，毛主席只管革命大方向。跑堂的说那好，我倒识得一个人，是学习专业的。你们既是专业有问题，何不找他断断？张王李赵林将信将疑，问是何人。跑堂的说前两天来了一个北京大学的学生，也点了肉吃，没有你们点得多就是了。张王李赵林急问人在何处。跑堂的说不远，那个大学生分配在阎家沟的私窑，十里，走快了，三袋烟就到。

张王李赵林即刻起身。

雁北何以处半毛不毛之地而不废，原因却是向下，地下，地下有煤。国家自然在挖，但各村只要寻到脉，自己掏个窟窿下去，挖些私煤，亦可度日。只是条件差，都是叼了羊脂灯，拽个筐，爬着挖煤。为省衣服，又都是光身，讲究的，将鸡巴拴好，免得伤了根。

张王李赵林摸到阎家沟。乡亲指点了，又寻到窑口。一匹瘦驴驮筐立等着。窑似井，口上支个辘轳，有两个人缩脖纳袖地守着。问了，说有，就趴在窑口唤，上来吧，有郑村的学生寻你哩。片刻，绳摇动了，两个人开始一左一右地转辘轳。

张王李赵林围到窑口，等着具体的北京大学从地里冒出来。出来了，坐在筐里，黑脖黑脸，一条黑线从脑后拴着黑眼镜，眼白转动，问，哪位找我？张王李赵林说，我们，北京的，分在郑村，听说你是北大的，来聊聊。北大的说，好哇，聊聊呀。有女生请避一下，让我穿上衣服。张王李赵林说都是男的。北大的立起身迈出筐，低头弯腰在地上翻捡衣裳，屁眼儿倒是白的。

张王李赵林问，怎么大学生也插队了？北大的穿着衣服，说，没有呀，我们是分配工作。刘少奇的女儿刘涛，分在大同嘛。张王李赵林问，那你什么专业，分到这儿挖煤？

北大的正系鞋带儿，听问，说，我？专业对口，我读的是地球物理。

秋天

秋凉了。清早起来，土墙头上可见极薄的霜，村外车道里的牲口粪上也是一层极薄的白，拾粪的人将它们收进背筐里，硬硬的滚来滚去。

收秋烦人。东一块庄稼熟了，就收东一块的。过些日子，西一片庄稼也熟了，就收西一片的。拉拉杂杂，全没有夏收的催命。散逸，慢慢地走到地头，慢慢地歇，慢慢地看，追追野兔子，挖挖田鼠的洞。天短了。早早收工，慢慢地回来。人亦喜欢此时在地里野合，伏夏，交配之后总是一背脊的汗。陶元亮说，采菊东篱下，悠然见南山。何时采菊？而且悠然？秋天嘛。

晓重在北京时看过些杂七杂八的东西，倒也觉得胸中满满的。插队到这大河边，一个夏天累得糊里糊涂，入秋方晓得“悠然”二字，傍晚西望，又悟出秋天才“山气日夕佳”，于是回屋里拿出带来的寿山石，刻来刻去，将食指拇指一齐划破。

划破就划破，秋天不大用到手了。

不料晚上手指开始肿，一跳一跳地痛，晓重心想，不会破伤风吧？因为有些城里的医疗常识，竟怕起来，于是举着一只手摸下炕，想，找些药涂涂吧。

村里人都说既然不流血了，就不会怎么样，要是有毒，就挤，将黑血挤得变了红血，用灶里的灰撒上，包没有问题。晓重听得头皮很紧，只好忍着，却不容易睡着了。

昏昏沉沉地一夜，天还没有完全亮，听得拾粪的人走过去，听得一声乌鸦叫，忽然就有女人尖利地喊，臭流氓，吊起来，吊起来再说！接着村里的狗就开始叫了。

晓重听出是同村的女生的京腔，普通话。

村里插队的知识青年分男生和女生，不是一个学校来的。本来住一间房的两厢，但互相不讲话，又因为吃饭的事情，闹些冲突，仅有的言语就全是硬的了。终于分开，双方都好像获胜一样，却都不将后悔露出来，起码晓重是这么体会几个男生的。

晓重举着举了一夜的手，穿上衣服，寻声找出去。村道上立着早起拾粪的，晓重问，怎么了？什么事？拾粪的说，拾粪的什么也没说，嘴动着，叹了口气。

晓重突然冒出个预感，就对也到村道上来的男生们说，走，可能有人欺负女生了。男生们像是等到了什么机会的样子，开始跑起来。

进了院门，女生们都在，立着，一个女生挥着手说，男生们都知道她叫宋彤，宋彤挥着手对女生们说，你们还愣什么？男生们问，怎么了？谁流氓了？眼睛一齐盯着蹲在墙边的房东，开始挽袖子。

宋彤说，不是他，是她。说着就抽出一条皮带，喊，也行，是过红卫兵的，把她吊起来。男生们愣了，“她”是房东的老婆，立着，脸很白，其实不是脸白，是血色没有了。

宋彤用皮带指着女人说，我琢磨她好几天了，一到晚上，就有男人进去，她和男流氓在炕上，她丈夫弄个狗皮睡在炕下，真不要脸！一个男人才给他两分钱，真不要脸，臭流氓！北京来的，嘿你们，我说你们哪，等什么哪？

晓重举了举自己伤了的手指，走到一边去。男生们却误解了晓重的理由，说，男流氓还可以，女流氓你们来吧。宋彤一边骂你们装什么𠈌性，一边过去扭房东媳妇的手，女生们也犹犹豫豫地过去，媳妇真的吊起来了，露出红裤腰。

媳妇呀呀地叫，房东就开始用头磕墙，低声喊，北京的奶奶们哟北京的奶奶们哟。村里的人远远围着，嘴里的白气好像秋天早晨河上的水雾，冒成一片。

媳妇的脏袄慢慢敞开了，两只奶冻得缩着，奶头青紫。抻长了的腰挂不住个棉裤，忽地落下来，露出男生们第一次面对的部位，房东蹦跶着跑过去，给自己的媳妇往上提裤子，脸上挨了宋彤一皮带。

从这天以后，村里很静，静得知青们害怕。年底分红的时候，村里每个劳动力，每人分到六分钱。晓重后来说，一次两分钱，四个月哟。

晓重永远不能原谅自己当时躲开了，曾经找了很多理由，都不行，尤其一想到举起过自己的伤手指，就喘气。“山气日夕佳”的闲章从此没有刻完。

两年三年的，知青们陆陆续续转回北京去了。宋彤没有回北京，后来改了名字，四年后嫁到另外的村子去。

夜路

吴秉毅不信鬼，不怕死人，本来可以到火葬场去工作，但是一九六八年的时候，火葬场算城里的工作，按上山下乡的政策，吴秉毅只能下乡。

在乡下，吴秉毅不怕走夜路。没有月亮的时候，吴秉毅凭星光，辨得出深灰的路，走起来飞快，而且不必唱歌。

因为吴秉毅不怕走夜路，就有不少女孩子求他陪走夜路。这本是浪漫的事，小说里都是这么写的，读起来只注意到一男一女。可惜夜路不是小说，女孩子们的恐惧太具体，树影的摇动，阴沉的山，什么地方的水声，以及各种莫名所以的响动，突然触到脸上的枝条，掉进领子里的虫子，莫名其妙的亮光，而且恐惧到叫不出来，怕惊动了更大的危险。

打手电，会有在明处的感觉，好像暗处的危险都注意到这唯一的亮光，于是聚拢来，随时进攻。吴秉毅是个熟悉的活人，又不发光，不要说女孩子，就是男孩子都愿意和吴秉毅搭伴走夜路。

一到夜里，吴秉毅抵得上个毛泽东，大家无论怎么背语录，念“彻底的唯物主义者是无所畏惧的”，还是畏惧。

吴秉毅也因此交到一个女朋友，叫小秀。小秀是赤脚医生，常常要夜里出去处理问题，因为吴秉毅是小秀的男朋友，所以大家都好意思夜里惊动小秀，“没关系，有吴秉毅呢。”

一九七三年，小秀得了急症，连夜抬出山，半路就死了。离县里还有一天的路，商量之后，只好抬回来。地方上通知了小秀在上海的父母，父母赶来最少要十天，于是就将小秀放在一间草房里，等小秀的父母来见最后一面，领导上说，要让小秀的父母满意。

尸体放过两天，就会发咸，田鼠最爱吃，各种虫子也爱吃，一队一队的跑来，不管尸体的父母满意不满意。

于是要有看尸体的人。小秀有那么多朋友，这时都怕死了的小秀，只有吴秉毅来看。大家说，吴秉毅是小秀的男朋友嘛。

天气热，尸体就胀，先是大肠发酵，肚子凸得像怀胎十月。死前大吃一顿只有烂得更快，和尚明白这个道理，坐化前很久就不吃东西了，金身不坏。天黑后，凉下来，腹中气流窜，肚子里吱吱乱响，气出喉管，小秀就发出呻吟，好像还活着在忍受病痛。

吴秉毅持棍赶田鼠，困了就迷糊一下，直到小秀的父母千山万水赶来。自此以后，吴秉毅就成了专门看尸的人，当然还有陪走夜路的人走夜路。

火葬

郭处长生前是物资处处长，手里掌管着许多用得着用不着或暂时用不着但终归用得着的物资。比如有一项物资叫生漆。

漆树长到手臂粗细，用刀划它的皮，就会流出汁液，用桶搜集起来，就是生漆。生漆对某些人是毒。有的人经过漆树附近，皮肉会肿，严重的会呼吸困难，甚至死掉。有些男人会阴囊肿起来，奇痒或奇痛，肿的人常常怀疑是否影响生育能力。有的人则完全不受影响，好好的。当然，收生漆的是不受影响的人。

生漆古来就是唯一的漆，除了桐油。生漆是好东西，漆木器，竹器，藤器，越用越亮，像琥珀。长春第一汽车制造厂造的中央首长坐的红旗牌轿车，表面漆的生漆，阴囊肿的问题应该是解决了。桐油虽然没有阴囊肿的问题，可谁听说过用桐油漆汽车吗？没有。

风水流转。化学漆越配越好，种类又多，没有人用生漆了。铁，木，竹，藤，中央首长的小轿车，都不用生漆了。所以，郭处长手里积了一批生漆。

风水又流转。有人研究出来，生漆可以是某种药的某种成分。所以，找郭处长要生漆的单位不远万里跑来，请郭处长到县上喝酒。喝着酒，事情就办了，否则要生漆的单位太多，不好办。

所以郭处长生前是个不好随便得罪的处长。

郭处长的死因与物资无关，是拉痢疾，中毒性痢疾。地处边远，送医不及，半路就过去了。司机和陪同的公社医生，还有干事，找不到个电话，打不成长途，寻到一个军队的电话班，与他们商量。电话班在电话里请示首长，首长念及死在半路的郭处长是四九年的南下干部，虽然是林彪部队里的，还是让打了。送医小组请示了县里，连夜把郭处长的尸体运回来。

开追悼会之前，党委会决定不与郭处长的遗体告别，先火葬，之后与骨灰告别。

于是，请当地的百姓烧。听说死去的人身上有毒，百姓不揽这个工。当地倒是兴火葬，因为信佛教。“文化大革命”破四旧，禁了佛教后倒没有认为火葬是四旧之一，因为毛主席他老人家签过字，说死后也火葬。

县里说，叫知青烧吧。于是来了四个知青。

县里批了木料，四个知青拾了一天柴，把木料拿回寨子里分了。本来这木料是郭处长批给另一个处长的，不知道要干什么用。

柴堆起一人多高，一人多长，一人多宽，也就是一立方多人。用绳子把郭处长吊上去，仰躺着。有人说，把他衣裳脱了，反正是要烧，拿回去洗洗，一样穿。于是把郭处长的衣裳脱下来，人硬了，很不好脱。脱了之后，才显出郭处长的肚子惊人，大家说，油大好烧，点火吧。

于是点火，从底下点。柴一点一点塌下来，郭处长开始坐起来，弓着腰又侧躺下去，四个知青拿四根长棍四面杵住前郭处长，怕他不安分，真要活过来，分了的木料可能会要回去的。

不到半个时辰，一声闷响，郭处长肚子爆了，油溅到知青的脸上，温温的。原来郭处长不但没有成灰，因为胖，内里连熟都没有熟。一个知青跑回寨子接受贫下中农再教育，回来说，要撒黄豆，或者花生。于是到县里批条，到物资处拿来花生黄豆，撒上去，一会儿，一粒一粒的火苗蹿得很直。花生黄豆早分出一半，四个知青另起了一堆火，烧到白炭的火候，将花生黄豆慢慢地烤吃。

烧好了，县里来验收，拣了几块骨殖放到盒子里。四个知青一人五角三分钱。郭处长的裤子送给了一个放牛的，四个兜的上衣轮流借给各寨子结婚的新郎，鞋子和袜子还有衬衣不知所终。

打赌

孙福从部队复员回到村里，正赶上县里有知识青年要分配下来。孙福在外面当了三年兵，见过世面，于是被派去挣接待知青的工分。

孙福很老实，老实得在部队里连党也入不上。指导员私下的评语是，向党交心，不老实不行，太老实也不行，孙福就是太老实，谈的那些问题，党帮不上忙。

孙福说，我想入党，入党，就有女人看得上。

孙福回到村里，支书说，你咋没入上个党？你这几年是咋混的？就捎回来套绿衫裤？孙福说，可不。

孙福在部队养猪，养鸡，养鸭。孙福养的鸭，从蛋里出来一直到被战友吃掉，就没有凫过水，因为驻扎的地方没有水。孙福说，鸭子没凫过水，就像男汉没有过女人。男汉没有过女人，可想过女人，这鸭没凫过水，不知想不想水？

孙福攒了两个月的水，用一个猪食桶盛着，不让猪喝，不让鸡喝，也不让鸭喝。水很脏，孙福以为鸭不会喜欢，不料鸭很喜欢。鸭子一下就跳到脏水里，用嘴梳理羽毛，一条脖子好像就是为梳羽毛生的，上下左右前后，里里外外，哪里都去得到，把个孙福看呆了，鸭子叫了两声，倒把孙福吓了一跳。

孙福说，鸭凫水，这是本性哩。男汉见了女人，不一定会做那事，鸭见了水，也没娘教过，就会凫，鸭比人强。

孙福养的猪是母猪，孙福把它当老婆待。过春节，要杀猪，孙福很难过，指导员看出来了。指导员说，你养猪倒养出感情来了，可是阶级兄弟要过年，猪到底不是阶级兄弟嘛，猪就是个猪嘛。

杀猪的时候，指导员让连长叫孙福出外勤去，给孙福留了肉，孙福没有吃。

孙福复员回家，没有找到女人，因为穷。

孙福有复员费，有一套军装，没有道理没有女人相上。但是孙福养了三年猪，回来能做什么？孙福没有入上党，县里、公社里都不会安排他做，吃不上商品粮，孙福就像没当过兵一样。村里的女人早就不嫁村里的男人了，连在野地里都不和村里的男人滚了，好女不嫁山里人。

孙福心里都明白，所以这次到县里接知青，孙福很高兴。插队落户，秃子头上的虱虫，明摆是嫁到山里来嘛。

孙福特地穿了军衣，忙里忙外，反倒不太着意女知青，为啥要着意？随便哪个都可以随便哪个都行随便哪个吧。

天气热，有两个女知青穿了裙子。县里一个相熟的人跟孙福说，你说，这两个女娃儿里头有不有裤头？孙福想了想，说，没有。相熟的人说，我说有。孙福说，没有。相熟的人说，好，打赌，你输了你这身军衣归我。

女知青在睡午觉，两个人过去，一掀，有裤头，孙福输了。

女知青叫起来，孙福成了流氓。正是知识青年政策最硬的时候，判孙福死刑立即执行。宣判的时候，孙福看到可能成为老婆的女知青都举着雪白粉嫩的胳膊喊口号，声讨破坏知识青年上山下乡的坏分子孙福。孙福的弟弟借了七角六付了枪毙孙福的子弹费，收了孙福的尸，七角六还了三年才还清。

四年后，知青们转回城里去了。

春梦

顾安直上小学的时候，看上了一个叫晓霞的同班女生。男生也是说东道西，只认为女生才叽叽喳喳实在是冤枉了男生。安直特别留心听大家说女生，不管是脏话、黑话、好话、风凉话，都很留心，却不得要领。

毕业的时候，班上的同学互相交换东西，好像本子啦，铅笔盒啦，书包啦，没有人特意买来东西交换，买不起，所以就交换毕业以前用过的东西。

安直得到一个铅笔盒。所有的东西都是混在一起的，大家抓阄，碰到什么是什么。晓霞得到什么东西安直不知道。

安直拿到这个铅笔盒，打开一看，里面还贴着手写的课程表，语文，算术，边上写的是“王晓霞”。安直很高兴，找了个机会对晓霞说，嘿，你的铅笔盒在我这里。

小霞脸红了，没说什么。

散了以后，安直正往家走，忽然就听见晓霞在后面叫他，于是回过身去等。晓霞过来说，安直，你能把铅笔盒还我吗？安直说，哪有给了的东西又要回去的。晓霞说，我怕回去我妈骂我。

晓霞说话的时候，手指像饿了的蚕，轻轻抖。安直喜欢晓霞跟自己说话，但是不愿意把铅笔盒给晓霞，就说，那怎么办呢？晓霞说，我也不知道。安直想了想，掏出晓霞的铅笔盒递过去，回头就走了。

一路上安直很气愤，想，晓霞真小气。又想，她要，我还了，她肯定觉得我好，心里于是觉得好像交换到了什么东西。再想想，那么小气的人，肯定不会觉得我好。

想来想去，不得要领。上初中前的暑假里，想起来就又想来想去。

安直初二的时候开始遗精，先慌了一阵，好像是打破了一个暖壶，又觉得像买回家来一个瓜，好好的，突然不知道为什么是坏的。后来和一两个同学聊到这黏糊糊的东西，渐渐安静下来，就好像臭豆腐明明是坏了的豆腐，却不是坏豆腐。安直带着拼凑起来的知识一直到高中。

安直开始常常做春梦，对象却是晓霞，晓霞在安直的第一个春梦里突然长大了。

安直在梦里和刚醒来时，说不清是感激还是什么，可是白天却想，晓霞那么小气，怎么会梦到她？

安直梦来梦去的，总是不小气的晓霞。

安直开始注意衣服里的女生。热天，有穿裙子的女人坐在街边，安直经过的时候，总是瞄一眼，有时候能看到内裤。

一九六六年的夏天，安直上到高三。抄家一开始，安直就参加了，和小伙子们忙得昏天黑地，烧东西，清点财物，押送“地富反坏右”及其家属回原籍。

九月底，有个人到宣武门教堂旁边的教师进修学院偷集中在那里的抄家物资，被人发现了。教师进修学院是原来的修道院，那个人从二楼的顶上爬到教堂的顶上，红卫兵小伙子们追到教堂的顶上，下面有七八千人往上看，瞧出来高高的顶上，有一个红卫兵是女的。偷东西的人靠在十字架边上，喊了一句什么，就跳下来了。

安直正好被派在下面堵人，他听见那个人喊这个戒指是我奶奶的。安直过去看地上的那个人，用脚把他翻过来。那个人眼睁着，脸砸扁了，好像印在纸上的金刚。

后来轮到安直押两个人去山西。到了西直门火车站，广场上密密麻麻蹲了几千个被专政的人，等着被送回原籍。安直不愿意和这些人混在一起，就一直站着，四下看。

看来看去，总觉得有个脸在躲他，于是就耐心等那个人。那人一抬脸，是晓霞。

晓霞要被送到哪里去呢？她旁边的那个女人是她的母亲吗？晓霞就是怕她骂吗？那个老头子是她的爸爸吗？两个老人的头都被剃成一道一道的，晓霞穿身旧衣裳，肩是圆的，抱着膝盖的小臂和手是白的，与安直梦里的不一样，却比梦里的具体。

安直领着晓霞到车站货运道上，站在货车后边，说，你那个铅笔盒还在吗？晓霞不明白什么意思，开始抖。安直用手解晓霞裤带的时候，还模模糊糊地想，也许可以去联系一下，只让晓霞留下来不回老家。不久他们被发现了。

晓霞后来被打致死，罪名是勾引腐蚀红卫兵，背完全打烂，被初秋的苍蝇爬满。晓霞光着的两条腿上是第一次的血，苍蝇飞起来的时候，没有血的地方是安直梦里的白。

大门

一九六六年八月底，黎利从北京到河南郑州，下了火车，有几个人围上来盯着他胳膊上的“红卫兵”袖箍瞧。

一个人对黎利说，黎利记得这个人长着张农民的脸，当然后来黎利见的农民多了，才知道中国人差不多都长着张农民的脸，那个人说，你是毛主席的红卫兵？

黎利多少有些得意，说，当然是很严肃地说，是的。

那个人说，那好，俺们那儿有四旧要破，毛主席的红卫兵你是不是带个头？

黎利说，可以，只要是四旧。

另一个人说，他也长着张农民的脸，说，当然是四旧，封建迷信，是个庙。

黎利说，庙当然是四旧，有和尚吗？

几个人七嘴八舌地说，有和尚有和尚，就是和尚不让破四旧，秃驴们能得很！

黎利觉得这是一个当然的机会，于是找到同来的两个同学，议了一下，决定一起去一次。议的时候，一个也从北京下来的红卫兵听到了，说愿意协同作战，又去拉来他的两个同学。

六个人，戴着六个“红卫兵”的袖箍，在车站门口引人注目，黎利尽量不表现出注意到革命群众的反应，带着五个人向那几个人走去。

那几个人老老实实地站着，等黎利六个人汇合过来，谈了一会儿。革命群众不断地围上来，打听什么事什么事什么事？是不是有阶级敌人地主老财蒋匪特务搞破坏要变天？在哪儿在哪儿在哪儿？

农民们原来赶了一架骡车来，六个红卫兵坐上去，大骡子的屁股只扭了一下，车就滚动了。革命群众围随着，有的人因为只顾扭头看红卫兵，脚下绊个跟头，爬起来不盯着看，一边拍打衣服，扬起的土和革命群众脚下起的土纠集到天上。红卫兵们咳嗽了。

原来要走六个小时的路。一路上革命群众聚聚散散，但黎利还是看熟了几张脸，抵达的时候，总有五六十张脸吧。

原来只是一个小庙，当然是看惯了北京的大庙的错觉。庙有七八间房，一个殿，殿里坐立着五六个泥胎，殿门还算大。

前后转过之后，黎利问，和尚呢？农民说，大概是吓走了，走了好，破吧。

黎利看了看，说，先把菩萨砸了，有没有铁家伙？农民说，没有，没带着。黎利问，木头棍子呢？农民说，没有，没带着。

黎利一下火了，说，我就不信砸不了。说完就去扳菩萨的手，一下就把泥塑的手扳下来，原来泥里面裹着根木棍。大家都照办，手里各有了长长短短的木棍，上上下下地打，尘土飞扬。

六个红卫兵歇了手，站在庙外看，其实也就砸了些细木窗棱，泥胎堆了一地。黎利想，破这么个小四旧，还挺不容易的，于是说，我们还要南下，回去了，这是一个样子，你们在本地继续破吧，让毛主席放心，来，我们把这个庙封上，让它永远不再害人。

黎利后来一直想不起作封条用的纸和写字的笔墨是怎么来的，但他记得他们六个人是当夜走回郑州的，走了十个小时，上火车到广州。到了广州，黎利的手还是痛的，但他没有对其他的人说。

一年以后，黎利面临上山下乡了。当他和几个无所事事的朋友聊天的时候，大家谈起中华民族，当然就谈到中华民族的象征，那条黄河。年轻人火力旺，当夜就到北京站扒车，去看黄河，马上要插队了，也许以后就没有看黄河的机会了。

几个人在郑州下了车，绕来绕去到了黄河边，因为总觉得景观还不能符合心中之意，于是一路走下去。傍晚的时候，大家决定下堤进村歇一下，第二天早上看黄河日出，日落看到了，很壮丽，是那么回事。

向远处村里走的时候，黎利发现不远处有个很大的门立在平地上，大家都觉得乡下独独地立着这么大的一个门很怪。走近了，才发现暮色中大门上有四张风吹日晒的封条。

黎利突然心里一惊，他觉得这就是那个庙的门。庙已经没有了，连一块瓦一根木丝都不见了，只剩下这个门，这个贴了封条的门。封条上又贴了封条，大概是制止类似抢劫的搬运吧？黎利想起了那个完整的庙和砸坏的窗棱，心里说，怎么不知道就在黄河边上呢？当年怎么走了那么久才到呢？也许这不是当年砸的那个庙？

黎利坚决提议连夜走回郑州，说月下的黄河也许另有一番诗意呢。

布鞋

王树林每年有两双鞋，一双单的，一双棉的。单鞋从四月穿到十一月，棉鞋从十一月穿到三月。

穿单鞋的日子比较长，所以要很在意。下雨的时候，打赤脚，鞋提在手上，单鞋泡了雨水容易坏。同一双布鞋，泡过雨水和用水洗，虽然都是水，但结果很不一样。这其中的道理王树林不知道，但王树林知道，最好不要让雨水把布鞋泡了。

布鞋的做法是将旧布、碎布一层一层用糨糊糊在一块木板上，放到太阳底下晒。晒干了，叫布嘎渣儿，揭下来，比照着鞋样儿剪成一个个布鞋底儿。之后用麻线一针一针将四到五层儿剪好的鞋底儿缝合到一起，成为厚鞋底儿，当然还有包边儿，垫后跟儿。鞋面则要用好的布料来做，当然也有包边儿，内口黑边儿，外口白边儿。

王树林的奶奶每年要给树林和树林的两个姐姐一共做六双鞋，三双单的三双棉的。女孩子的单布鞋，脚面上还有一个袢儿。其实男孩子常跑跑跳跳，鞋容易掉，脚面上反而没有那个袢儿，不知道为什么。不过女孩子穿带袢儿的黑面白边儿的布鞋很好看。

奶奶做鞋先做麻线，两股细的搓成一股。奶奶将裤脚挽到大腿上，麻线就在大腿上搓，因此奶奶的大腿很光滑，像玉。麻线搓久了，大腿的肉变成粉红的，有什么事要站起来，奶奶总是先将裤脚放下，才站起来走开。树林的大姐后来也帮着奶奶在自己的大腿上搓麻线，有什么事要站起来，也不放下裤脚，站起来就走开。奶奶会说，裤脚不放下来，像什么话！王树林很奇怪，为什么坐着可以，站起来就不许露腿呢？

奶奶纳鞋底儿，先用锥子在鞋底上扎个眼儿，之后用针引线从眼儿里穿过去，再用锥子把儿绕一两圈儿穿过去的麻线儿，用力揪一揪。几双鞋做下来，奶奶总是说腕子疼膀子疼，十二只鞋呀。

鞋头穿出窟窿，就找一块皮子缝上；鞋底快磨通了，就打上掌。一双鞋不能轻易就不穿了。常常是姐姐的脚长了，穿不下的鞋就给妹妹穿。两个姐姐穿不下的鞋，都是剪了袢儿给树林穿，同学们看出来，就起哄。

一九六六年八月十七日下午，学校通知全校师生晚上集合去天安门广场。王树林回家闹着要穿新鞋，说晚上有重大活动。树林的妈妈想了想，就把奶奶刚做好的明年的单布鞋让树林穿上。奶奶说，跺跺，看合适不？树林跺了几下，说合适合适，就到学校去了。

八月十七日晚，几十万人聚集在天安门广场，分单位坐在地上，不时唱些革命歌曲，不断有人上临时搭起的厕所。后来革命群众乏了困了，开始卧倒睡去。十八日晨，有些人醒来，开始上厕所，广场上又开始活动起来，不时唱些革命歌曲。

天亮的时候，眼尖的人发现天安门出现不少人。此时东方有朝霞似血，声音从金水桥一带扩散，传到王树林面前的是：毛主席在城楼儿上！王树林马上回头将“毛主席在城楼上”往后传，再回头望了很久，却不能辨出毛主席，直到“毛主席穿了绿军装”的声音传来。上百万人沸腾，《东方红》音乐大起，“毛主席万岁”的口号声响彻云霄，消息传播到全世界。

后来上百万人拥向天安门城楼，之后，上百万人撤离天安门广场，沿东西长安街前门大街游行。天安门广场遗留下近五万双被踩落的鞋子，包括初中一年级学生王树林明年的新布鞋。

接见

王五豆十二岁那年正赶上一九六六年，初中读了一年，夏天，复习功课，要期终考试了，北京搞“文化大革命”了。

简直的就像过节。

先是不上课，满城乱走。到处是人，一堆一堆的，辩论，看大字报，揪着个人游行。学校也热闹得让人一宿一宿地不想回家，老师都灰头土脸的。学生心里都有一两个恨着的老师，连校长都低头了，王五豆看着又高兴又害怕。

王五豆突然就明白了毛主席说，你们是早上八九点钟的太阳，世界是你们的，这句话的意思。

王五豆决定改名，把“五豆”换成“五斗”。“五斗”这个名字很有气氛，同样的声音，意思突然变得这么好，把个五斗高兴得呀。

消息传来，毛主席要在北京接见红卫兵。王五斗他们立刻成立了红卫兵组织，订制了红袖章，戴在胳膊上，连夜向北京赶。

火车上挤得呀简直是，王五斗坐在车厢门下的铁梯子上，用一根绳把自己拴住。车里是根本挤不进了，铁梯子上都挤了十几个人。车一开动，“毛主席万岁”的口号就喊起来。王五斗一个十二岁的小孩子，喊得特别好听。

车刚开的时候，很风凉，景色也好，地里的人还向王五斗他们指指点点。王五斗第一次出远门，和上万人搭伙，一点都不害怕。歌子也多，唱了一支又一支，渴了，才发现没有水喝。

开了一个多钟头，王五斗觉出厉害了。风很大，而且只从一面来，时间一长，半边脸渐渐麻了。两个钟头后，用手掐脸，好像在掐棉袄。一只眼睛避风眯久了，开始抖，抽筋。

车满载，大概有命令，所以沿途不停站。车里的人尿憋急了，厕所里又挤满了人，于是就开始从车窗里往外尿，尿水飘到王五斗他们的脸上身上，他们都麻得觉不出来。车拐弯的时候，王五斗看见有白白的屁股半探出车窗外，女的憋急了也顾不得那么多了。

王五斗在北京永定门火车站下来的时候，一个跟头栽在月台上，脚麻得都不是自己的了。

天安门广场在哪儿呢?

红卫兵接待站的人领他们先歇下，说是明天就能见到毛主席。五斗他们在一所学校的教室住下，屋子里铺满了草垫子，一躺下去土就起来。

五斗他们兴奋得睡不着，就在学校里乱走，到处扔的课桌椅，墙上都是大字报，糨糊的酸气一股一股的。又到街上去看，也是大字报，糨糊的酸气一股一股的。

再回到学校来，慢慢才发现对面教室里住的原来是女生，刚开始的时候见她们都剃成秃子，还以为是男生。

天刚刚亮，就集合了。排着队，走啊走啊，走了快两个钟头吧，到了一条大马路的边上，说是就在这里等毛主席接见。王五斗他们嚷，这不像天安门广场啊！带队的人说，天安门广场只能站五十万人，这里是大北窑，在北京的东面，一会儿毛主席会经过这里，和在天安门广场是一样的，红卫兵小将们先原地休息。

排着队来的红卫兵越来越多，五斗他们也就放了心。

广场上的接见开始了，五斗他们腾地站起来向前拥，纠察的人就把他们往后推，劝说还早呢还早呢，毛主席来的时候会预先告诉你们的。街两边的人好不容易才安静下来，退回原地，但说什么也不坐下了。高音喇叭里传来广场上的欢呼声，虽然混成一片，但大家都听得出那是在喊“毛主席万岁”，渐渐的，就变成“毛主席、万、岁”，一直不停下来。

忽然大家都往前拥，五斗他们也急忙向前挤，结果又被推回来，劝说还早呢还早呢，毛主席要从天安门上下来，先到北京西边，一直要到八宝山革命公墓，再返回向东，毛主席坐的是中吉普，快了快了，坐好坐好。

就这样又炸了几次营，五斗他们回回都往前挤，万一真是毛主席来了呢！不怕一万，就怕万一呀。

终于又是一次，五斗还在往前挤，就听得杀人也似的

“毛主席万岁”的喊声炸开来。五斗感觉不妙，一边扯开喉咙叫，一边没头没脑地又挤又跳，街两边的人拥到路中央汇合在一起，毛主席他老人家嗖的一下过去了。

五斗急得不行，他没有看到毛主席，于是这一路上的委屈都涌到鼻子眼睛里，把个十二岁的孩子哭得呀。

山沟

这个人姓邹，湖南人，邹姓在湖南是大姓。邹没有名字，不是没有，而是不知道，因为邹没有说过他叫什么。

邹在山脚下用锄头平出一块地，盖了一间草房。说是山脚，却是在海拔两千多公尺。

邹在附近的山坡上开了两块地，一块种苞谷，一块种些杂七杂八的东西，有一小点葱，一小点韭菜，常常换种的是茄子、黄瓜。

辣椒是总在种着的，湖南人离不开辣椒。南瓜随处种着，除了开花时去故意传一下粉，平时就不管了。要吃南瓜了，到草里去找，有的像个拳头，有的却小磨盘大。没有找到的南瓜，熟透以后腐烂，五彩斑斓，蝇子伏在上面。

邹将挖出的南瓜子连瓤抛到草顶上去，草顶上晒的还有切成片的茄子。

苞谷长得很好，邹在苞谷上用了一些精力。锄草，间苗。开花的时候，一棵一棵摇一摇，后来每株都结三个到四个苞谷。邹要到苞谷完全熟透了才将它们收回来，苞谷刚灌浆的时候，邹也会掰几个下来，煨在灶里，过些时候拿出来，叫，伢妹子，伢妹子。

于是有个五六岁的小女孩跑来，龇牙咧嘴地啃苞谷，嚼的时候，将烫苞谷在两只手上颠来颠去。

伢妹子是邹的女儿，这间草房里，住着父女两人，从来没有看见过邹的老婆伢妹子的娘。

每到傍晚，草房顶上就渗出一缕缕的烟，那是邹在做饭。邹后来在草顶上开了一个口，自此烟就集中地从那个口里出来，出来后，慢慢飘到东，飘到西。

邹翻过两座山，请了一个北京知识青年来教伢妹子识字，北京知青教墙上吊刀刀倒吊着，或山羊上山山碰山羊角水牛下水水没水牛腰，或红凤凰粉凤凰红粉凤凰粉红凤凰。这些绕口令字简单好学，却不好念，伢妹子倒念得连珠脆响。

伢妹子聪明得不得了，北京知青也喜欢得不得了。

邹在山上挖草药，嘴里嘀咕墙上吊刀刀倒吊着，打到鸟或小鼠或其他，就一路走一路叫山羊上山山碰山羊角水牛下水水没水牛腰。

北京知青对这父女俩感兴趣，问他们怎么会从湖南到云南来。邹支支吾吾，揽住伢妹子，摸伢妹子的头。邹说，莫要问了吧，莫得名堂。

邹会些拳脚，湖南人都会些拳脚。邹要报偿北京知青，就教北京知青拳脚。邹教的都是实在的，要命的，只有一下到两下，多的是防身技巧。邹说，花拳绣腿不消得理它，挨几下也无妨的，近到身旁，一下就够了，莫要打死，武德。

北京知青学得不错，邹说，好，我和伢妹子要转走了。北京知青问为什么要走了呢到哪儿去呢？邹说，讲实话，我是家乡杀地富反坏右逃出来的。杀得太多，渠里的水都凝了，各乡还在押来。押我去的人，也姓邹，半路上放了我，说毛主席的书第一篇就是讲湖南，这次湖南的贫下中农要立新功，可是这样一个杀法，一锄一个，渠里的水都凝了，我看天要报应，你带伢子跑掉，要记得，不要说给哪个。

北京知青后来常常到这条山沟里来，在日渐颓废的草房边上坐一坐，草里还看得见几株辣椒，红红的，一点一点。知青有时也摆几下拳脚，想，伢妹子识了有七百多个字，够用吗？却又想，学多少也搞不明白农民怎么不起义了呢，书上不是写着隔三差五农民就起义吗？

数年后，横断山脉的这个小山沟里，偶尔有猎人路过，见到一种很小的果子，黑亮黑亮的，也想不到那竟会是茄子。

成长

王建国生于一九四九年十月一日。

母亲生他的时候，发生难产。医生说，需要产妇的先生签字，是要孩子，还是要大人。等在产科外面的父亲首先纠正说，时代变了，不要叫先生，要叫同志，或者说，孩子的父亲。护士说，好，可以叫同志，孩子现在还不知道生不生得出来，所以还不知道可不可以称父亲，现在要你签字，是保产妇，还是保胎儿？

父亲说，两个人都要。于是剖腹。从肚脐到阴阜竖着剖开，取出婴儿，缝上刀口，日后母亲肚子上留下一条长长的亮疤。

父亲晚上独自回家，长安街上的游行尚未结束，许多人手上举着火把、蜡烛，呼着口号，并不整齐地通过天安门的前面。长安街上有重炮车辗出的轮子印。

父亲想好了，孩子的名，就叫个建国。

建国长到七岁，上学了。第一天老师点名，叫王建国，站起来两个，还有一个也叫建国，但姓李，没有站起来。学校教导处调整了一下，将名为建国而同姓的学生分到不同的班，于是王建国和李建国还在原来的班。

学校开大会的时候，校长、教导主任点名表扬学生、要很清楚地讲明，某年某班的张建国或李建国或赵建国或孙建国或刘建国或王建国如何如何。

学校里老师常常议论的是一个学生叫蒋建国，有老师建议家长应该给孩子改一下名字，家长很愤怒，说，姓蒋的就不能叫建国了吗？老师认为姓蒋的家长没有体会出问题的实质。

王建国到四年级的时候，老师出了一道作文题：在红旗下长大。王建国写了四百多字，老师认为很好，在班上读了。

五年级的时候，又有一道作文题叫：在红旗下成长。王建国写了一千多个字，老师认为很好，在班上读了，并且推荐给北京市教育局，收进小学生作文选。

考初中的时候，语文试题发下来，王建国打开卷子一看，在五星红旗下成长。想起老师在考试前教的办法是先做会做的题，再做要想一下才会做的题，最后做难题，于是提笔开始写作文，把附在考卷之外的一张白纸也写了一半。

王建国考上一个很好的中学，当了班长，初二就入了共产主义青年团，做过班上的团支部书记和校团委书记。上到高中一年级的时候，校党委书记已经和王建国谈过话，让他提前写入党申请书。教导处也写过报告，推荐重点培养王建国为高中毕业后保送苏联留学的苗子。

但是一九六六年文化大革命了，那一年所有叫建国的孩子十七岁。

王建国后来上山下乡，又转回北京，谋到建筑公司的一个工作，捆钢筋。一九七六年的“四五”，王建国也写了一首诗，贴到天安门广场。还是一九七六年，建筑公司调到毛主席纪念堂工地，王建国还是捆钢筋。王建国在顶层捆了四个小时后，尿憋了。建筑工的老规矩是就地解决，上上下下几十米高，是合理的。老工人传下来的说法是，撒了拉了才结实。王建国问了班长，班长说上头讨论过了，可以，可也别像以前那么明显。

王建国找了一处，向下看看天安门广场，五星红旗在远处呼啦啦地飘，毛主席他老人家在更远的天安门城楼的像上看着他，左边人民大会堂，右边中国历史博物馆和中国革命历史博物馆，近处是人民英雄纪念碑，纪念堂比纪念碑高，所以看得见纪念碑真正的顶。

高处有风，王建国解决问题后，抖了一下，两眼泪水。

杂色

旧书

吴庆祥十二岁学徒，学的是古书铺的徒。

古书铺和古董店很像，“半年不卖货，卖货吃半年”。吴庆祥的说法是，卖货吃半年的“货”，说的是大买卖。大买卖当然不好做，可卖个石印帖啦，卖个寿山石料啦，总是有的，进进出出，总是个买卖。

进进出出的，各种人都有。文人居多，背着手，揣着手，上上下下地看，看了半天，转了半天，出去了。这类是小文人，手头拮据，可也不能小看，小文人不定什么时候成了大文人。小文人的时候伺候得好，成了大文人，书铺的口碑可就出去喽。

大文人常常留下条子，条子上有要找的书。条子上的书找到了，不一定全找到了，也许先找到一本，就送去，叫人家知道你尽力在找。

送书去的时候，总要捎带些别的书，捎什么，揣摩文人的嗜好。有专门好门面的，就捎些门面书，一般也就买下来了，摆在架子上，朋友来了，指给朋友看。

吴庆祥在书铺熬到能送书到买家去，很不容易。

送书的要懂书。第一得识字，说得出送去的是什么书，吴庆祥有识字的精明，进了铺子三年就可以为来买书的人找书了。吴庆祥那时已经变了嗓，也有了身高，一般人还真看不出他才十五岁。

懂书的第二就很难了，版本一项就是个无底洞，各种有关书的花色学问，简直的是烂棉花套子，不是轻易理得出头绪的。

吴庆祥在店里，伺候着来买书的主儿，眼睛睁着，耳朵开着，凡有关书的事，都先强印在脑子里，手脚还得勤快，书铺不是学堂，不是来听说书的，是来给老板卖书的。

印在脑子里的东西，慢慢才明白。不明白的，也许要很久，也许突然有个什么机会，一下子就明白了。明白得越多，也就越容易明白。

吴庆祥有的时候要去海淀的大学送书。骑上店里的车，路边都是荒草。吴庆祥最怕冬天去海淀送书，逆风，天黑得快，回来的时候心里发毛。吴庆祥后来与几个大文人都很好，当然是因为书的关系。

吴庆祥后来嫖妓。宣武门外的伙计很少有不嫖妓的。离得近，铺子上板以后，很寂寞，当然要往有人气儿的地方去。书铺里的书很多，再多也不是人。

吴庆祥染上了梅毒，找人治了，治好了。治好了，再去嫖妓。

白天伺候着卖书，留心着卖书的学问，送书，天晚了，上板。上完板，朝东溜达，找熟的，老价钱的。

北平一九四九年解放，改回原来的名儿，又叫北京。

一九五〇年头儿上，吴庆祥自杀。

对于吴庆祥的自杀，相熟的伙计谁也搞不明白为什么。按说是新社会了，吴庆祥也不是老板，只是个大伙计，成分不能算坏。有什么怕的呢？

取缔窑子？也不至于，新社会了，到处都是新气象，希望正大，怎么一个大男人就寻了短见？

百思不得其解，百思不得其解。店员们凡提起吴庆祥，还是摇头，百思不得其解。

抻面

铁良是满族人，问他祖上是哪个旗的，他说不知道，管他哪个旗的，还不都是干活儿吃饭。

铁良在北京是个小有名气的人，名气是抻得一手好面。铁良有个要好的弟兄，也是个有名气的人，名气是和馅儿。大饭庄，有名的饭庄，凡要蒸包子煮饺子烙馅儿饼，总之凡要用到馅儿的，都是铁良这个弟兄去和。天还没亮就起身，和完一个店的再去和另外一个店的，天亮的时候，一天的活儿干完了。肉，菜，料，和在一起，掺高汤打匀。打匀是个力气活儿，而且还不能上午打好的馅儿下午变稀汤儿了，其中有分寸。

铁良呢，专在一家做。面是随时有客要吃就得煮的。

铁良原来有几股钱在店里，后来店叫政府公私合了营，铁良有些不太愿意，在公家人面前说了几句。公家人也是以前常来店里吃铁良抻的面的主儿，劝了铁良几句。几年以后，铁良知道害怕了，心里感激着那个公家人。

抻面最讲究的是和面。和面先和个大概齐，之后放在案子上苫块湿布“省”着。后来运动多了，铁良说，这

“反省”就是咱们的省面。省好了的面，愿意怎么揉掐捏拉，随您便。

省好了的面，内里没有疙瘩。面粉一掺了水，放不多时就会发酸，所以要下碱。下了碱的面，就可以抻了。

有人用舌头试碱放多了还是少了，舔舔，有一股苦甜香，就是合适了。铁良试碱不用舌头，一半儿的原因是抻面是个露脸的活儿，是公开的，客人看着，当面的。铁良用鼻子，闻闻，碱多了，就再放放，“省”碱。

跑堂的得了客人要的数儿，拉长声儿唱给铁良。客人出到街上，靠在铺面窗口儿看铁良抻面，好像是买了一张看戏的站票。

铁良不含糊，当当一手揪出一拳头面，啪，合在一起，搓成粗条儿，掐着两头儿，上下一悠，就一个人长了。人伸开胳膊的长度等于这个人的身高。铁良两手往当中一合，就是两股，再抻再合，就是四股，再抻再合，八股，十六股，三十二股，六十四股，一百二十八股。之后掐去两头，朝脑后一甩，好像是大闺女的辫子飞落到灶上的锅里，客人就笑了，转身回去店里座位上。

锅边儿的伙计用双长筷子搅两下，大笊篱捞出盛到海碗里，海碗里有牛骨高汤，入好面，撒几片芫荽、葱丝儿，带红根儿的嫩菠菜，满天星辣椒油花儿，红，绿，白，啪哒，放在了客人面前。客人挑起一箸子面，撑开嘴吃，热气蒸得额头有一点儿亮。铁良呢，和街上的熟人聊了有一会儿了。

五〇年代初，镇压反革命，押去刑场的时候还许犯人点路边的馆子，吃最后一口人间食。有个老头子被押在车上，路过铁良的店，说是去阴间的路上得吃口抻面。于是押进去，老头子张口要龙须面，铁良也不说话，开始抻。

铁良几下就抻好了，亲自放面下锅，霎时捞起，入在汤里双手捧了碗放在老头儿面前。围观的人都伸头去看，说不出话来。老头儿挑起面迎光看看，手上的铐哗啦啦响，吃了一口，说，是这个意思，就招呼上路了。

铁良后来跟人说，这就是当初借钱给我学手艺的恩人，他就是要我抻头发丝儿面，我也得抻出来。

江湖

孙成久九十多了，身子还算硬实。俗话说尿尿尿湿鞋（读孩），咳嗽屁出来，就是老了。老了，鼻涕多了尿少了。孙成久当然不是说这些征状一点没有，而是脑筋相当清楚。

脑后留辫子，妹子裹了小脚，孙成久都记得很清楚。妹子裹小脚，上茅房不方便，娘搀了去。娘也是小脚，娘儿俩一步一蹭。妹子一步一哭，跟娘说，娘我疼得，疼得哟！妹子张着两只胳膊，一步一吸气。娘说，你不裹日后可怎么嫁？

孙成久站着看，小小年纪，就知道替妹子疼。至于日后怎么嫁，孙成久不能懂，总之，缠脚是个必须的事儿吧。就像年三十要守夜，困得一头磕到桌子上，还是要守，子时鞭炮一响，响得那叫解恨！

念了两年私塾，叫先生打，真打，手心肿得亮晶晶的，回来娘给上蝎子油。娘说，识了字，你日后才有得做，有得吃呀。

日后，孙成久长成个人，求了个远亲，在大镇上学徒，学的是百货。因为识字，柜上当个人看，虽然也是凡百杂务，可是出了徒就做了采买。

账上的事，是东家家里的事，采买是店里的第一等大事。你怀里揣的是东家的钱，人家的钱怎么就放心让你揣着呢？

孙成久走南闯北，窑里也去，染坊也进，应酬起来，烟榻上也要吸上两口，酒也得抿上一两二两。方言土语，黑白两道，天有不测风云，地有江河沟壑，都要懂，都要会，都得照应到。

孙成久有时躺在小客栈，忽然就会看见娘拐着小脚搀着妹子上茅房，妹子的两只胳膊一张一张的。

孙成久有空就回家看看娘。娘老得只能在炕上摸来摸去了。孙成久给娘讲东西南北各方杂事，娘昏着两只眼睛看着孙成久，嘴里不住地说你看看你看看，常常忽然就流下泪来。孙成久问娘，娘一边用袖子抹眼，一边说你看看你看看。

邻里见孙成久回家，也都来打问讯，说孙家老大是见世面的人。渐渐的婚丧嫁娶也都来请孙成久主一下事，去了，就是很大的面子。有什么纠纷，有什么牵动，也都来请孙成久出面给说说。老人们说，孙成久江湖上走，知道应对分寸。

孙成久的妹子也嫁得好，婆家有事，也来请孙成久。妹子先孙成久去世，丧事因为孙成久出了面，办得很像样子，妹子婆家倒是老说对不住媳妇她哥。

孙成久九十多了，耳朵还很好。重孙子念台湾香港的武侠小说给祖爷爷听，念多了，重孙常常说要做个江湖上的英雄。

孙成久手也不抖地喝茶，自己盖上茶碗的盖，说，武侠里有个屁的江湖。早年听人念说《红楼梦》，里面有个凤姐，就是在个王府里，倒是懂江湖的，算得上是个江湖英雄吧。江湖是什么？江湖是人情世故，能应对就不易，更别说什么懂全了。打？那是土匪。

宠物

金先生有六十多了，就喜欢个动物。解放那年，家里还养着条狼狗，左邻右舍早就恨那狼狗吓人，政府一说要灭狗，街坊们就控诉金家的“日本狼狗”。

金先生紧着解释家里的这条狗是蒙古狼犬，跟日本不沾边儿，但蒙古狼犬也是狗，在灭之列，一索子套走，脖子上还系着金先生摩得油腻柔软的勒头。

金先生藏着悲苦好几年，回回往街门口站，就恍惚觉得狗又来蹭自己的腿，伸手虚摸摸，什么都没有啦。

金先生于是就养了只猫，很平常的品种，毛色黄白相间，像虎，可虎是黄条里有黑道儿。邻居也有养这样的猫的，金先生于是心很安。

猫干净，自己到外头土里拉屎，完了还知道自己用土盖上。金先生想，这猫祖宗不知是遭过多大的罪，才这么一代一代小心着。狗也干净，可是耿直，老想打架，像长不大的愣小子，不像猫一有风吹草动就上树上房了。

猫洗脸，一只爪子举着，动脸，舌头舔来舔去，要是人早一脸唾沫了。猫洗了脸，就定定地看个什么地方，好像女人洗澡觉得叫人瞅见了，于是恨恨的，或者呆呆的一脸春思。

金先生常买个鱼头鱼肚肠什么的，放在盘子里给猫吃，看着猫将头一抻一抻地吃完。猫吃完了，跳到金先生怀里舔金先生的手。金先生闻闻手，怪，没有鱼腥味儿。

三年自然灾害的时候，金先生实在是拿不出东西给猫吃，急昏了头，喂了猫一回树叶儿，猫恶心得在门柱子上蹭嘴。金先生苦笑，唉，猫知道上树，要吃树叶子还用得着我操心吗？

猫自己跑了。金先生担了几天心，后来想，跑了跑了吧，别让人吃了就行。猫不仁义，这上头就不如狗。狗不嫌家贫，儿不嫌母丑。可气节当不了饭哪，倒是不仁不义兴许活得下来。一个畜生，能怎么着呢？

猫一走，家里就闹耗子了。金先生夜里躺在床上听耗子丁零哐啷地闹，想，闹什么呢？家里的吃食是人挣来的，人都不够，你们还搜寻什么呢？瞎忙。

腊月里的一天，金先生开抽屉找东西，刚拉开，一条大耗子窜出来，翻身逃走了。抽屉里吱吱叫，一大股鼠臊味儿冒出来，原来大耗子下了一窝小耗子。

小耗子还没睁眼哪，小爪哆嗦着，灯一照，半透明，像蜡烛头儿。金先生想，这可怎么办，我这儿成产科了。

金先生怕小耗子冻着，就很小心地把小耗子们挪到自己床上靠炉子的一边儿放好，一回身儿，瞧见大耗子在桌子底下瞪着自己。金先生说，你这个当娘的，怎么办呢？

金先生还真不知道怎么办。大耗子不走，金先生认为是娘放心不下，就到门外隔着玻璃往自己屋里瞧。

大耗子蹿上床，一只一只地把小耗子叼走。小耗子在娘的嘴里四脚儿乱蹬。金先生在外面叹气了，说，连耗子也不信咱们，这人也真做得没意思了。

金先生进来找耗子洞。找着了，说，这一家老小是守寒窑哪。于是搬箱挪柜，空开耗子洞的前面，再把炉子摆在耗子洞的附近。

自此金先生在家里轻手轻脚，像个房客，生怕惊动了洞里的房东。

每每金先生斜躺在床上，两手放在脑后，看着耗子洞，琢磨着看不见觉得到的宠物，想，吃不上个什么，暖和着吧。

冬日的阳光照进来，金先生睡着了，宠物们一只一只地出来了。

厕所

北京是皇城，皇城的皇城是紫禁城。说来话近，民国时将宣统逐出后，将这个大院子用作博物院，凡国民都可进去参观。于是，紫禁城里永远有走着的国民和坐着的国民，坐着的是走累了的国民。只要紫禁城里不通汽车，大院子里就永远有走着的国民和走累了坐着的国民，因为紫禁城大，而且不可能改小。

这个道理，老吴是早就想通了。

老吴想不通的是，老吴当时在珍宝馆外的公共厕所外排队，生理上有点儿急，所以忽然想不通早年皇上太监三宫六院御林军上朝的文武大臣，这么多人每天在哪儿上厕所？老吴怀了这个心，专门来了三个礼拜天的故宫，结论是当年没厕所，因为考察下来，现在的公共厕所，都是将当年的小间屋改建或新建的。

老吴于是很替皇家古人担忧。

老吴从学术的立场对吃的问题不操心，但一旦吃了，排泄就是一定的了，这个肯定的问题怎么找不到肯定的解决空间呢？吃在皇家不成问题，排泄在老吴的心里倒是个问题了。

老吴于是去找老申。老申八十了，当年在宫里做过粗使太监，现在孤身一人住在朝阳门内大街。老吴找到老申，请教了，老申细着嗓子说，嗐，用桶，桶底铺上炒焦了的枣儿，屎砸下去，枣儿轻，会转圈儿，屎就沉到底下。焦枣儿又香，拉什么味儿的都能遮住。宫里单有太监管把桶抬出去。

老吴问抬到哪儿去？老申说抬出宫去。老吴又问抬出宫再抬到哪儿去？老申就支支吾吾，说自己不是干抬屎专业的。这几年太监成了国宝，经常上电影，老申答不了老吴的问题，有点挂不住，就转了话题透露给老吴太监也有性生活的秘密。

回家后，老吴一边儿感叹焦枣儿粪桶的实际与气派，一边儿到街上公共厕所解决一时之私。

北京人称公共厕所为官茅房。老吴认为这可能是因为最早的街上厕所是官家修的，所以叫官茅房。但这个“最早”早到什么时候，老吴还没考证出来。明清还是民国？也许元大都的时候就有了？总之发明权不在人民政府，要不怎么不叫人民厕所呢？

公共厕所的八个坑儿蹲了四个，都是熟邻居，正议论宣武区虎坊桥新盖了个官茅房，有个小子没房结婚，连夜把男厕所的坑儿填了当洞房，今儿早上大家伙儿一推门，新娘新郎两口子正度蜜月呢！

正笑着，老吴旁边儿的人问老吴，你有富余的纸吗？

老吴明白旁边儿这位没带擦的纸，就直起腰掏兜儿，一掏，才知道自己也没带，就问另外的人，您带的纸有富余吗?

问来问去，原来四个人都没带纸，就又聊起来，等等看再有人来的结果。

果然又来了个人，大家先不好意思问，等那人解了裤子蹲下了，老吴问您带的纸有多吗我们几位巧了都忘了带纸。那人一惊，说，坏了坏了我以为这官茅房里有人就有纸就进来了。

五个人都不说话，听隔壁女厕所有人聊天，也是没办法。

等了近一个钟头，官茅房里居然再没进来人。大家开始怨政府，说官茅房里应该有纸给大家用嘛。老吴说，自己没带就说自己没带，政府管天管地管擦屁股纸？政府还给你们焦枣儿呢！其他四个人看着老吴，不明白“焦枣儿”是什么意思，也不明白老吴怎么突然站起来了。

老吴系好裤子，说，我的晾干了。

提琴

老侯是手艺人。老侯原来在乡下学木匠，开始的时候锛檩锛椽子。

锛其实是很不容易的活儿。站在原木上，用锛像用镐，一下一下把木头锛出形来，弄不好就锛到自己的脚上。老侯一次也没有锛到自己脚上。

老侯对没有锛伤自己很得意，说，师傅瞧我还行，就让我煞大锯。

煞大锯其实是很不容易的活儿，先将原木架起来，一个人在上，一个人在下，一上一下地拉一张大锯。大锯有齿的一边是弧形的，锯齿有大拇指大。干别的活儿可以喊号子，煞大锯却只能咬着牙，一声不吭，锯完才算。

老侯的腰力就是这两样练出来的。后来老侯学细木工，手下稳，别人都很佩服，其实老侯靠的是腰。

老侯学了细木工，有的时候别人会求他干一些很奇怪的活儿。老侯记得有人拿来过一只不太大的架子，料子是黄花梨，缺了一个小穿，老侯琢磨着给配上了。

人家来取活的时候，老侯问，这是个什么？来人说，不知道。老侯心里说，我才不信不知道呢。

不过老侯到底也不知道那个架子是干什么的，这件事一直是老侯的一块心病。

老侯的家在河北，早年间地方上有许多教堂，教堂办学校，学校上音乐课，用木风琴，弹起来呜呜的很好听。老侯常常要修这木风琴。修好了，神父坐下来弹，老侯就站在旁边听。

有一次神父弹着弹着，忽然说，侯木匠，你会不会修另一种琴？老侯问，什么琴？神父说，提琴。老侯不知道，嘴上说试试吧。神父就把提琴拿来让老侯试试，是把意大利琴。

老侯把琴拿回家琢磨了很久。粗看这把琴很复杂，到处都是弧，没有直的地方。看久了，道理却简单。就是一个有窟窿的木盒。明白了道理，老侯就做了许多模具，蒸了鱼膘胶，把提琴重新粘起来。神父看到修好的琴，很惊奇。神父于是介绍老侯到北京去，因为教会的关系，老侯就常修些教堂的精细什物，四城的人都叫老侯洋木匠。

老侯因为修过洋乐器，所以渐渐有人来找老侯修各种乐器，老侯都能对付。北京解放了，老侯就做了乐器厂的师傅，专门修洋乐器。

一天有个干部模样的拿来一把提琴，请老侯修。老侯一眼就认出是神父那把琴，老侯没有吭声。老侯知道，跟教会沾关系，是麻烦。因为是修过的东西，所以做起来很快。干部来取琴的时候，老侯忍不住说，您的这琴是把好琴。干部说，不是我的，是单位上的。老侯说，就是不太爱惜，公家的东西，好好保护着吧。是把好琴。

一九六六年夏天，到处抄家砸东西，老侯忽然想起那把琴。厂里不开工，老侯凭记忆寻到那个单位去。

老侯在这个单位里东瞧瞧，西看看。单位里人来人往，大字报贴得到处都是，到处都是加了碱的面糨糊味儿。老侯后来笑自己，这是干么呢？人家单位的东西，自己找个什么呢？怎么找得到呢？于是就往外走。

可巧就让老侯瞧见了那把琴。琴面板已经没有了，所以像一把勺子，一个戴红袖箍的人也正拿它当勺盛着糨糊刷大字报。

老侯就站在那里看那个人刷大字报。那人刷完了，换了一个地方接着刷，老侯就一直跟着，好像一个关心国家大事的人。

豆腐

孙福九十多岁去世，去世时略有不满，不过这不满在孙福的曾孙辈看来是老糊涂了，他老人家要吃豆腐渣。

做豆腐是先将黄豆、大豆或黑豆磨成浆。你如果说，老孙，这黄豆和大豆不是一种豆子吗？孙福就先生一下气，然后不生气，嘟囔着说：懂个什么。

豆子磨成浆后，盛在锅里掺水煮，之后用布过滤，漏下的汁放在瓦器里等着点卤，布里剩下的就是豆腐渣。

豆渣是白的，放久会发黄，而且发酸变臭，刚滤好时，则有一股子熟豆子的腥香味儿。豆渣没有人吃，偶有人尝，说，磨老了，或者，磨嫩了。磨老了，就是磨过头儿了，细豆渣漏过布缝儿，混在豆浆里，这样子做出的豆腐里纤维多，不好吃。磨嫩了，就是豆子磨得粗，该成浆的没成浆，留在豆渣里，点浆成豆腐，豆腐当然就少。

磨嫩了就需要查查磨。掀开上磨扇，看看是不是磨沟儿磨浅了，或有残。磨沟儿磨浅了，就要剔沟儿。残了不好办，要把磨扇削下去一层，再剔出沟儿来。

做豆腐最难的是点卤。

人常说，画龙难点睛。孙福说，那有什么难？画坏了，重画就是了，豆腐点坏了，重来不了，糟蹋一锅。

点卤前，豆浆可以喝，做豆腐的师傅常常喝豆浆，却不一定吃豆腐，道理在豆浆养人。浆点好卤，凝起来，颤颤的，就是豆腐脑儿。凝起来的豆腐脑儿也在布里，系好，放重物压，水慢慢被挤出布外，布里就是豆腐了。压久了，布里的是豆腐干儿。

打开布，豆腐还是热的，用力划成一块一块。当天卖不了的，放在冷水里。

孙福学徒做豆腐时，十几岁，还没碰过女人。孙福学点卤，点不好，师傅说，碰过女人没有？孙福摇摇头，脸很红。师傅说，记下，好豆腐就像女人的奶子。

孙福后来讨了女人，摸过之后，叹一口气，说，豆腐，豆腐。孙福的女人听了奇怪，说你做豆腐做出病啦！

第一次世界大战，中国在最后关头赌博一样地参战。孙福当民工，到欧洲打仗去，挖战壕。不久，被德国兵俘虏了，还是挖战壕。

一天，中国战俘被叫在一起，排成一排，命令会做豆腐的站出来。孙福头皮一阵发麻，以为豆腐是罪过，是死罪，但还是站出去。又命令会木匠的站出来，结果是除了会这两样的都赶回去接着挖战壕。

孙福指挥着几个德国人做豆腐，给一个在青岛住过的军官吃。没有几天，德奥战败，孙福又被法国人俘虏了，也没怎么样，接着给在广州住过的一个军官做豆腐吃。做了一次，法国人不满意。孙福想起南方是用石膏点豆腐，就换石膏做卤，法国人说这才是中国豆腐呀。

孙福的曾孙后来怨祖爷爷，为什么不在外国留下来，要不然现在一家子不都是法国人了？孙福说，幸亏我回来了，要不然你小兔崽子还不是个杂种？孙福想说我是舍不得你那豆腐祖奶奶啊。

孙福当年回来的时候，正是五四运动，孙福不懂，还是做豆腐。后来中学里的共青团听说孙福是经过五四的老人，于是来请孙爷爷讲五四革命传统，孙福讲来讲去，讲的是在法国做豆腐。

孙福长寿，活到改革开放，只是一吃豆腐就摇头点头，说机器做的豆腐不行，孙媳妇说机器还是由日本引进的哪！孙福用没牙的嘴说，奶是只有人手才做得出。没有人听懂老头子在说什么，家里人是很久听不懂老头子有时候在说什么了。

家里人最后一次听懂孙福说的话是，给我弄口豆腐渣。

宝椤

张宝椤五岁就在镇上观赌，津津有味，痴痴呆呆。有个人手气不好，看见宝椤在旁边，就火了，说去去去，还没有裤裆高，在这里干什么！手气还是不好，这个人就走动走动，看见宝椤还在旁边，想了想，顺手拿块吃的塞到宝椤的嘴里。赌输了的人常常做些反事，为的是换换运气。

这边宝椤还没嚼完，那边那个人手气已经转了，出奇地好，连着两圈，把把好，两眼放光，不由得将宝椤拉过来。输的人不服气，将宝椤拉开，输的人手气翻转过来，快活的时候，瞥见宝椤立在自己旁边，想，莫非这个小孩子有些神道？赌的人也都觉出些异气，不由得边摸牌边瞄瞄宝椤。此后镇上就传出张家小五宝椤是个神道。

近朱者赤。宝椤不到二十岁，已经是个赌手了。宝椤不是赌徒，从来不红眼，但谁也休想让宝椤干一点赌以外的事。宝椤在赌上面，是专业状态。

宝椤的一天是这样的：中午起身。所谓起身，是因为宝椤不一定睡在床上，所以不能称为起床，起身后，不吃饭，只擦擦脸，游走一下。所谓游走，是兼带巡看聚赌的地方，以便确定今天在何处赌。

决定了之后，就落座。赌不多久，吃一点东西。和宝楞赌的人，最怕他这个吃一点东西，因为吃过一点东西之后，天地倾斜，钱开始不断地往宝楞手下走。

如此一直到傍晚。如果有输，宝楞就换场子，同时进食。如果不输，也要进食了。进的什么食呢？无非油腻，为的是前半夜的体力。手气好的人，这时都舍不得进食，恐怕手气转背。宝楞全不管这些。该干什么干什么，该赌赌，该吃吃，宝楞在赌上是专业状态。所谓废寝忘食，绝不是专业人士所为。按部就班，调节有秩，才能几十年干下来，不得职业病，宝楞就是如此。

宝楞与外界的联系，就是在进食油腻这个时候，听听传闻。不过一般人都不认为宝楞真的在听，都以为他心不在焉，将他作赌徒看。

进过食，宝楞再入场，坐在灯下倒是相当庄严的。午夜前，宝楞一派成熟，不拘输赢，处于而立与不惑之间的状态，赢无喜气，输不上脸，进进出出，好像与己无关。这时的宝楞有帝王相，常常就有旁观的看呆了。

午夜一到，宝楞又歇手进食，粥面一类。吃完了，再上手，可就是目光炯炯，虎豹熊狼，吞进吞出，以为宝楞拼了，正想看好戏，宝楞脱手起身，不赌了。剩下的那些赌通宵的，则只有欲望而无气象了。

之后宝楞不知所终。有人说宝楞回家了，其实宝楞没有家，谁家的闺女要嫁一个赌手呢？有人说他有女人，也许有，但谁也不知道是谁。有人说宝楞其实很惨，无家无业，张氏祠堂都不让他进，不知道在哪里猫一夜。真要察访宝楞去哪里，应该会有答案的，但是没人察访。赌是个无常之事，对宝楞的种种猜测，其实正是这个镇需要的一种无常，是一种欲望搔痒。

宝楞总是第二天又出现了。

一九五〇年，政府禁赌。正当镇上的人抓头抓脸不知何以自处的时候，不少人想起宝楞有些时日不见了。宝楞这次真的不知所终，只留下镇上的人议论了很久，宝楞若在的话，该划为什么成分呢？贫农？无业游民？总不会是地主吧？

妻妾

老余是五十多的人了，再有几年，就到了退休的时限。会计给老余算过，老余自己也清楚，退休后，还可以拿到，拿到八十多块钱。

八十多块，够干什么呢？老余说，换季的衣裳少置点儿，人老了，不太要样儿。肉也不宜多吃，到了胆固醇的年纪了。八十多块，凑合了。

可是厂里上点儿年纪的人说，老余？八十多块？不够！

在厂里干了几年的人说，老余八十多块不够。

新进厂的人问，老余一个人八十多块还不够？

答的人很有看不起问的人的意思，说，老余怎么是一个人呢？老余有一妻一妾。

问的人都一惊。

打光棍儿的人对老余有一妻一妾都幻想过。有一妻尚且不易，老余居然还拥有一妾。种种古典的四字一组的词儿在心里很是活跃。

二十几的人新派，说，吓！老余够性解放的，一玩儿就是俩。

但每一个新进厂的人都问过同样的问题，就是，老佘怎么能有一妻还有一妾呢？法律不是规定一夫一妻吗？再说，“文化大革命”破四旧，老佘这样儿的明摆着的四旧，怎么没人来破呢？红卫兵都瞎了眼了？

在厂里经过“文化大革命”的人很得意，说，红卫兵也不是神仙，没人告诉他们，他们怎么知道哪儿有四旧？法律？没人告，法院吃饱了撑的自己找官司打呀？

问老佘，老佘说，我也不知道怎么没找到我头上，是命吧。

老佘和他的一妻一妾在北京，是一个最大也是一个最小的漏洞，什么原因和可能都问过了，只剩下居然两个字。

任何一个刚听说老佘有一妻一妾的人，心里都有个愿望，就是，这一妻一妾是怎样的两个女人。

都问，漂亮吗？

漂亮什么，不漂亮。

年轻吧？

妻比老佘大三岁，妾呢，小老佘九岁。

年轻的时候儿漂亮吧？

普普通通。

有还不死心的人就跟踪老佘。

老佘下了班儿，回家，陪个老太太，屋里屋外，摸摸弄弄。有的时候儿，老佘一个人出来，老太太在门口儿说，我去吧，看你累了一天了。老佘说，我去吧。老太太说，既去就买个鸭蛋回来吧。老余说，行。老余走了，老太太就和街坊说些闲话儿。

老余星期六、星期天，到另一个地方，陪个老太太，屋里屋外，摸摸弄弄。有的时候儿，老太太一个人往街上走，老余跟出来。老太太说，你歇着吧，挺近的道儿。老余说，我是怕你又买肉，买半棵青口儿菜就得，包素馅儿的吧。老太太去了，老余就和街坊招呼着说话儿。

凡是跟踪过老余的人，都不跟踪了。凡是想跟踪老余的人，一定是刚听说老余有一妻一妾的人之一。

老余说，别费那个精神了。老辈子父母就怕绝了后，妻不生，倾家荡薄产，讨妾，还不生。她们两人都说对不住我，相跟着。两人又不识字，上不了社会，又没害人的本事，妻不妻妾不妾的，三个人还不是两个人，相帮着活着呗。

领导上批评有的人不安定团结，强调了中央的政策以后，常常举例说，你们看看人家老余三口子。被批评的人说，八十块钱三口儿人，不安定团结怎么活？

大水

各村都有叫石头的。若说石头如何如何了，譬如说石头在集上占了别人的便宜，别人会问，哪个石头？

所以要说，譬如说赵村的石头。若赵村有赵石头和李石头两个石头，别人问起来，则要说赵石头或李石头。

但是，孙庄也会有赵石头或李石头，所以，哪个哪个村的哪个哪个石头，说清楚麻烦，不说清楚也麻烦。

独有一个石头，不用说村，不用提姓，大家只叫木石头。

木不是石头的姓，是说木石头木头木脑的。石属土，木克土，木不是石头的姓，所以倒没有怎么受克。若说受苦，大家都受苦，荒年到邻县要饭，都去。都受的，是劫，谁也逃不掉，命好命坏都逃不掉。要饭就要饭，不要嘟嘟囔囔，嘟嘟囔囔，就受专政，判刑，坐牢。县里关过十一个石头。荒年坐牢，百姓不认为是克，牢里有饭吃，是福。

秋天，村里人使狗撵野兔子。野兔子亡命地跑，狗拼命地追。村里人分派好了，谁谁谁在哪里哪里把住，兔子来了就吆喝。人赤手逮不着脱兔，靠个聪明，吆喝得兔子不停地跑，跑久了，兔子心裂而死。

石头站住了地方，却见灰褐的一只兔子颠颠地远远冲过来，近了，仰身卧倒，颤颤的。追过来的狗喷着口沫，要在人面前邀功，有模有样地扑上去，狗还未落地，兔子的后腿嗖地一弹，把个五十多斤的畜生打出五尺远。狗爬起来，愣愣地看石头。石头把狗斥住，兔跑了。村里人骂石头木，石头笑嘻嘻地说，见着好把式，喝彩还来不及呢。

春天，墒情好，草刷刷地长。石头捏着镰去打猪草，日头晃晃的就回来了。老婆问，猪草呢？石头说，草实在长得好，草实在长得好。老婆知道石头又“犯”了，骂着，夺过镰自己去了，后半夜才回来。石头做了饭等老婆回来吃，只是不和老婆说话。

土生金，金生水，可石头六十多了，不认识五元以上的人民币，没见过。无金如何生水？石头偏偏有水。

一九七二年发大水，淹了京广线，火车只好慢慢地开，让车上的人瞧清楚了水里的胀尸，逆心得过了郑州还吃不下供应的盒饭。

大水初发时，石头正在地里打田埂。

村里的响器已经敲起来了，大家知道跑不过水，也没有值钱的东西打整，纷纷找绳线，爬到树上，将自己与粗干捆住，免得冲走淹死。有本事的备了钩叉，高高兴兴地打算捞浮财，哪里是金生水，看准了是水生金。

有人望到地里的石头，气得大叫，木石头，你还不回来把自己捆上，那是你的地吗？公社的地就算了个球的吧。

石头用铣撩水抹泥，把个田埂整治得齐齐崭崭，直得像县里的大旗杆倒在地上，又像正月十五的糖稀，亮晶晶晃眼睛。石头仔细做完，扛着铣跑着回头看，树上的人就像公社的高音喇叭，叫成一片。

水过来了，四尺高的浪头，夹着死人，没死的人，房椽房檩，窗格子，门窗子，猪，驴，马，骡，羊，牛，鸡，连鸭子、鹅都有死的。漂着的树上捆着人。

活着的钩叉在劫里打劫。

木石头抱住树，连连说，可惜了，可惜了。

大胃

大胃长得矮，四肢短而且细，但是够用了，比如，他生气，就一脚把牛踢得向旁边走动三至五步。

大胃的活计是放牛。牛一共是七只，五只大的，两只小的。其中，六只，也就是四大两小，是别的队的放在大胃的队里合养，一只，是大胃队里的。

每天，大胃把牛从厩里驱出，这时一般正是队长高声派工的时候。大胃高声叱骂五头成年的牛，大胃从来不叱未成年的牛，于是，队里一天的活计内容，和听起来根本就是骂成年人类的内容混在一起，搞得一条山沟里轰轰烈烈，精神一振：

张某李某……个王八蛋肏出来的死样……去后沟收拾苞米……再不出来老子捏稀……孙某……你的卵……再去寨子去借风箱……你凶你凶我看你再凶……其他的人等风箱来了……再凶老子用齿苋涂你的鸡巴……搞场上的苞谷……让你久远干不成……就这样吧……

大胃将牛驱上山，随它们自己去吃草。大胃一个人攀上爬下，找各种能吃的东西和各种东西里能吃的部分。

大胃的头发是红的，赭红，间或有一根半根是血红的，《水浒》里赤发鬼刘唐的赤发，不是虚构。这样少见的头发却没有成为大胃的绰号，反而看不见的胃成了绰号。

大胃每天只吃一顿饭。大胃说，公家给我一天一斤半饭米，三顿吃，一顿只吃得半斤，顿顿吃不饱。老子一天吃一顿，一顿一斤半，吃饱了。

所以大胃每天把牛驱回来，带回一顿饭的柴火，舀了米，常常犹豫一下，又添上一把，不淘洗，直接倒上水煮。煮的时候，大胃不动，但不是呆，鸡来了，猪来了，还离得很远，大胃把它们叱得更远。

大胃一口一口地把饭吃进胃里，照看一下牛，就准备睡觉了。这时若谁端点什么吃的来给大胃，大胃就再吃，脸很红，和头发一起，成了个赤头。没有人请大胃到家里去吃饭，因为那样大家都很尴尬。

但这还不是大胃被绰号为大胃的原因。

有一次在乡里，大胃买了二十四碗面条，正一碗一碗在吃，一个人过来问，你在打赌吗？

大胃嘴里都是面条，嗯嗯着摇头，那人说，既然不打赌，为什么吃这么多面条？

大胃咽下面条，很愤怒，说，这叫多？

那人看着大胃把二十四碗面条驱进胃里，说，嚯，汗都不出，还能吃吗？

大胃说，没有粮票了。那人抽身出去，少时领来几个人，掏出粮票，请大胃再吃，围着看。

吃完了，那人说，我是县里管粮库的，今天实在是服气。我那库里战备粮常有捂了的，这样吧，你是哪个单位的，我叫县里调你到我那里上班，管你吃够。

大胃没有去粮库。大胃还有人生的另一个非解决不可的问题，没有女人要嫁大胃，因此大胃离不开他的母牛。县里有不会嫁他的女人，但是没有母牛。

野猪

野猪是一种凶猛的动物。俄国的贵族不像英国的贵族打狐狸，他们打野猪，以有数枚野猪牙为骄傲。

野猪的牙之所以厉害，是因为野猪的腿。野猪的腿的力量，使野猪的牙能以箭一般的速度挺进。我第一次随李世保打猎，就碰上一头野猪。野猪发现有人，就立住不动了。我不知道怎么办，看李世保，李世保也不动，面无表情地看四公尺外的野猪。

我想野猪一定看到我们了，起码闻到我们了，只是因为我们不动，它才慢慢向一边走去，停停，又走，之后消失，传过来枝叶的响声。

我刚要问，李世保止住我，直到枝叶的声音完全没有了，他才出了一口长气。

李世保是这一带有名的猎人，枪法很准。我们遇到野猪之前，正往下风头走。猎人守下风头，才不会被上风头的野兽闻到。我问李世保是不是因为还没到下风头，所以不开枪？李世保说，幸亏你没乱动，要不然，今天扛回队里的就是你啦。

李世保说，十公尺以内单人碰到野猪，又没站好地方，开枪是找死。你就是打中了，猪的獠牙也戳你个血窟窿。有一次也是突然碰到一个家伙，冲过来，我死命一跳，野猪从脚下窜过去，牙戳在后面的树根上。它正在那儿拔牙，我从它耳朵干进一枪。野猪见到松树就蹭，蹭了松油再滚上，日子久了，侧面开枪打它，子弹穿不透。你什么时候听说过卖野猪皮的。

我趁机讲了书上看来的俄国贵族攒野猪牙的事。李世保说，要那个干吗？我看他是心动了，眯了很久的眼。

队上听说山上有野猪，就闹着要打。生产队上的猪瘦得像狗，眼看过年了，当然是肉多一点是一点。有十来个不要命的争着要跟李世保去，我也算一个。

为了打到这头野猪，李世保抽了几口大烟。猎人抽大烟，野兽会闻着找来，所以山里有一些小茅草棚子，打猎的抽上几口，就躲出去等着，但不知道来的会是什么。也许是豹子，也许是耗子。

这次来的是野猪，看来它一直在这附近转。十数杆枪前后放，只有李世保一枪打到野猪的鼻子，它也就是因为这一枪倒下的。不过野猪的刀枪不入，着实让肚子里没油水的人魂飞魄散了好一阵子。野猪在蓝色的枪烟里突来突去，想起来真是恍如鬼魅。

剥野猪的皮的时候，发现它没有尾巴，耳朵上缺的形状，都证明它就是年初的时候从队上的猪圈里逃出去的那只家猪。当初为了宰掉它，李世保飞身扑上去，却只揪住个尾巴。猪挣脱，留了尾巴在李世保手里。猪耳朵的缺口，是队上做的记号。春节因此没有肉吃。

李世保没有留下獠牙，说，谁愿意要谁留着，我要家猪的牙干什么。牙当然就被知青拿去冒充贵族了。

裤子

老万这一辈子穿过不少种裤子。在老万的嘴里，没有“流行”这个词，他说：“兴”。七十年代末，有到大城市上学的学生回到乡里，穿着“喇叭口”，头发留得很长，黏成一绺一绺的，不洗头的缘故。老万在集上看到了，说，呀，又兴“倒大”了！

老万回到村里，翻箱倒柜，老万的老婆死了，所以什么东西都得自己找。老万找出一条裤子，土布织造，蓝靛染的，有四十多年了，穿上，真的是个“喇叭口”。人越老越矮，所以老万穿了旧裤子在村里走，裤脚扫着地。

老万就穿着“倒大”裤到下一个集上去，人都说，老万老万，蹲一个看看。

老万说，蹲着勒得蛋疼，说起俺们胶东，这“倒大”裤几十年前兴过，海上的洋兵传下的。论起干地里营生，裤脚管一提就到大腿上来，下面大还真是有下面大的方便。如今城里人又兴这，不知道是不是街上老淹着水？

老人们都说，这么多年，老万真留得住东西，老万，你怎么还留着这裤子？

老万说，人就靠个裤子，你看，这上边穿来穿去，还是这个样子，兴不出个名堂。兴来兴去，都是兴的裤子。当年这“倒大”裤，因套不了棉裤，废了，裆小，又改不成个别的，可不就留下来了。老人们在一起从民国初年的马裤一直说到前几年还兴的军裤、军帽。

老万穿过马裤，是从个军官的尸体上剥下来，但是老万没有骑过马，曾经借过驴骑，光着脚。一个路过的败兵瞧见，老万因裤不肯脱下来让给那个兵，被揪下来打了一顿。

老万前几年也借穿过军裤。村里有个后生复员回来，在河里凫水，衣裤放在岸滩上，老万推草车路过，看见了，停下来，脱了自己的裤，换上军裤。后生在河里见到是长辈，不敢生气，说，穿这裤子可是挨枪子儿的。老万在岸边踱来踱去，蹲了蹲，说，就是轻了些，不着肉。后生说，现在发的是腈纶，打起仗来，一烧一个窟窿，不比早先的是好棉线。老万脱下军裤说，这裤不挡寒。

县里贷款分配下日本进口的化肥，化肥用到地里，化肥袋子叫保管员收着。老万看见了，问，这袋子是啥料？保管员说，是塑料。老万扯了扯，说，结实，我拿一条。保管员问干什么，老万说，裁条裤子。

老万把化肥袋子剪成条裤子，穿了在村里走，屁股上是“尿素”两个字，裤脚下还看得见“株式会社”几个字，白花花的，支棱着。

眨眼间，化肥裤就兴起来了。小孩子穿上，村里人再也不怕孩子们撒野磨坏了裤子。后生穿上，多脏的地里营生也不怕费裤子，泥干了自己会掉。冬天套上化肥裤，腿上挺暖和。

妇女不愿意穿化肥裤，因裤迎光一照，下身被描得清清楚楚。夏天穿化肥裤，捂得长痱子。另外，化肥裤染不上色，白花花的，人穿着走，有点家里死了人的意思。

老万一辈子穿过不少种裤子，晚年了，没想到领着兴了一回化肥裤，而且有一阵化肥袋子抢手得厉害。老万成了个人物。老万吩咐了后事，说，俺走的时候，给俺套个化肥装里，俺琢磨了，这化肥袋子比木头棺材结实，不烂。

扫盲

齐主任不是不识字，而是识过的字差不多忘了。

五十年代头几年，兴过扫盲运动。齐主任那时候年轻，街坊都是招呼齐大嫂，也就二十多岁吧，头上别着个束发的小角梳子，听着课，拿下来给别人看。教识字的干部也年轻，也是二十多岁吧，正正经经提醒说，新社会给你们学文化的机会，你们就认真点儿，一天只识这几个字，也要用心啦。

齐家的媳妇是胡同里的俏人，场面上输不得，结过婚的人，嘴里什么都敢，就把每天的日课操练出来。干部静静听了，在小黑板上写下几个字，说，教毛主席万岁你不用心，这几个字你常常用，认真记下吧。来，跟着我念：剥衣——屄，基衣——鸡，剥阿——巴。

认字的笑话传开了，齐家媳妇回家叫男人收拾了一顿。齐家媳妇倒不记恨教书的干部，私下很敬服，又喜欢他安安静静有本事，打算好好学文化，不料运动一个接着一个就来了，从镇压反革命，一路就到了大跃进，大炼钢铁，打麻雀，药老鼠，公共食堂大锅饭，接着又撵进城的叫化子。齐家媳妇一路赶着要强，慢慢在街道居民委员会负起责任来，成了齐主任。

齐主任每月要收扫街费，领着粮店的人发粮票，发油票，发点心票，发布票。夏天发熏蚊子的药，冬天到各家登记买煤买劈柴，流行肝炎通知各家各户买茵陈蒿熬汤药喝，一天下来，忙忙叨叨，还有家里的三餐四季衣服。一年一年的，齐家媳妇老了，街坊打架，到居委会，进门就喊，老齐呀，你给评评理儿！

多少年了，没有闲工夫静下来再识字。文件精神社论指示，年年有，月月有，天天有，虱子多了不咬，反正叫识字的人念就是了。街道里识字的人出身成分不好，老老实实地念。老齐觉得最像个干部的时候，就是别人念字给她一个人听。

“文化大革命”的时候，赶上老齐的更年期，阶级斗争的弦绷得紧紧的。人心真是隔肚皮，以为是好好的人，给押走了，原来是坏人，暗藏的，新生的。社论早就说了，千百万个人头落地。

齐主任什么都照指示办，就是不敢逼街道上的孩子们迁户口上山下乡。齐主任自己也有孩子。

齐主任觉得一九七六年真是像崩漏完了就是更年期：亏空，主席都死了，不适应，人敢到天安门广场去闹事。当然得捕人，结果又平反。

这之后的文件精神社论指示，不大能掌握了。以前瞅着不像好人的好人不像坏人的坏人再也掌握不住了。齐主任不想干主任的时候，才发现，不干主任，干什么呢？孩子们都成家立业了。

齐主任于是很烦。街坊孙老太太来报告，十一号南屋老李家的三儿媳妇勾着个男的，今天厂休，关着门在屋里搞腐化。齐主任腾腾腾就去了派出所。

值班的是个年轻的，年轻就年轻吧，齐主任告诉了。

年轻的说，您这么大岁数儿了，想吃什么吃点儿，该喝什么喝点儿。搞腐化，您听见喘了？你是事主儿吗？不是，这不结了！事主儿都不来告，碍着您什么事儿了？告诉您，现在要讲法制了。再说了，我坐在这儿，是这么多钱，我跟了您去，还是这么多钱，您说，我跟不跟您去？

齐主任，老齐，突然想起了年轻时候扫盲干部请她念的那些个字。老齐知道，好日子久远了，要不然真是可以教教这个小警察认认字，泻泻火。

结婚

老林，男，福建人，单名“企”。最初，老林介绍自己姓名的时候，大家猜不出“林”后面是个什么字，《新华字典》一万一千七百字里，没有这个“哥”和“医”拼在一起的字，“基”？

老林坐下来，拿着笔，先在废纸的边上试试，然后在干净纸上确定位置，有起有收地写了一个“企”字，抬头说，嗯？怎么会是“基”嘛！

谁也没有料到这么严肃，都松了一口气，说，哦，企。

老林是右派，一九七九年才平反，从劳改农场放出来。因为之前是学文的，于是分配到单位里来做文字工作。

单位是区里很有名的单位，简称是，大家都习惯用简称，简称是废品站。全称废品公司收购站，不常发音，仅供参考、书写和印刷。例如，大门口的招牌，上级发下来的文件抬头，一律宋体。

到废品站工作，第一件事，是职业教育。严格区分废品和垃圾的不同，确立废品的地位，不要一个国家工作人员，自己看不起自己。废品是丧失其原始使用功能，但其某些部分，一般地说，仍有其可利用的价值，与垃圾有本质的不同。

老林问，既然手册里规定垃圾是完全丧失利用价值，为什么还有捡垃圾的呢？大家的顶，经这五雷一轰，都说，是呀，为什么还有捡垃圾的呢？这些日子，中央不是宣传实践是检验真理的唯一标准吗？检验检验，废品研究所的说法，就不一定对。

老孙不识字，因为是党员，所以主持各种学习。老孙老实巴交的，总是刚过钟点，就宣布散会，哪怕重要社论只差一句就念完了。老孙说，大刘，你参加工作十几年了，你给老林具体说说。

大刘把烟叼在嘴角上，谁都不看，嘶嘶地说，我肏他个废品的妈！我说老林哪，要不你怎么成了右派呢，看把你独立思考的。上大学，学什么？学独立思考？

老林说，不是呀，我的专业是音韵。

大刘是粗人，肏字当头，什么都骂，肏姥姥，肏姥爷，肏舅舅，肏大小姨子，大小舅子。不但肏母系，还肏父系，肏奶奶，肏爷爷，肏爹，肏叔，肏姑，兄弟姐妹，都肏，碰上什么肏什么。比如，废铜烂铁论斤收买，秤完了，大刘喘着气，说，我肏它个秤砣的。

老林说，大刘肏得这么普遍，有深刻的道理。肏母系，是母系社会血统的确认与反确认，肏父系，也是同样的道理。君臣父子，讲的是政治和血统中的次序，大刘说我肏你妈，就是向对方严厉确定双方在血缘上的次序，我是你爸爸嘛。假如在实际中双方的次序不是这样，那就是骂。公司废品科里只有一个科长，你说我是科长，就好像是骂人，因为实际上不是嘛。另外，大刘肏人，主要是表达情绪时，发音的需要，比如重音啦，节奏啦，并不表示实际的动作。

大家认为老林分析得对，都说，怪不得大伙儿累了，闷了，就喊大刘，大刘哇，来，肏一段儿听听。

大刘还打人。打老婆，打孩子。孩子大了，打不动了。孩子跟当爹的说，杂志上有文章写了，情绪不好，跟性生活欠和谐有关。大刘不承认，却认为老林头脑古怪，肯定是文章上写的道理。

老林有五十了，还没结婚。谁跟他结呢？一个右派。

大刘为人热肠子，发动大家找合适的人。马上还就找着了，就在废品系统。有个女的，也五十了，也是右派平反，也分配到废品公司，因为划成右派前是党员，所以恢复了党籍，在公司里搞统计工作。最重要的是，愿意和老林谈谈。大刘很高兴，因为是他联系的。大刘还从公司打听来老林划成右派的原因：老林说毛主席他老人家的诗有不合音韵的地方。

老林也很高兴，愿意谈谈。大家都很高兴，瞧着两老单身下班后约了出去，都愿意这事就成了，又议论女的过了四十五，生育怕是不行了。也好，有个伴儿，有个照应。大刘的话儿：性生活嘛，我肏它个不和谐的妈。

两个人谈了没几天，就申请结婚了。大家帮着操持，买床单子，被里被面子，买枕头买褥子，买暖水瓶买茶缸子。公司发了床票椅子票大衣柜票，大家帮着去店里排队，挑，帮着用运废品的车拉回来。房子是借的，大家帮着打扫，帮着布置。

都弄齐了，老林结婚了。大家吃了喜酒，松了一口气，好像自家说不上媳妇的儿子终于成了家。

不到一个星期，老林申请离婚了。老林说，两个人睡觉，鞋子，枕头，摆法各不一样，别扭。独身几十年了，又都不愿意改，何必呢？商量了一下，就算了吧，做个分开住的朋友吧。

大刘愣了，之后，肏了一段儿，说，没瞅见过这么认真的，要不怎么他们成了右派呢！俩废品。

平反

老毋姓毌。

单位里的人，都叫她老毋，老毌纠正了几次，说毌发贯的音。记住的就记住了，没记住的反而常常迟疑，老老老的半天，问，您那个字儿念什么来着？

她就笑了，说，念贯，贯彻的贯，一贯反党反人民的贯。嗐，算了，记不住就叫毋吧。

于是，老毌在别人的嘴里就姓了毋。

老毋在单位里人缘挺好。

吃午饭了，手上离不开的人说，老毋，帮我带俩馒头一个一毛五的菜。过半个钟头，老毋回来了，十个手指头没有一个闲着，用脚拨开门。屋里的人都说，嚯！帮着把菜碗和馒头接下来。老毋甩甩手，说，嚯。

下班儿了，老毋常常最后走。离开之前，里外看看，还在抽屉外锁上的钥匙她给拔下来，收在自己兜儿里。第二天上班儿，悄悄地跟人家说，下回小心点儿。常有这类事儿，大家都很感激老毋，以致大家过于放心，把老毋当成了钥匙。

老母在大学念的无线电。一个女的会折腾焊锡、烙铁，会跑电料行挑零件儿，大家心里都有点儿奇怪。就好像看女子足球，明知道女的也能踢球，就是觉得女的踢球有点儿怪。女的打排球，打手球，打羽毛球，打乒乓球，游泳，跑，都不觉得怪，不知道为什么。觉得怪是一回事儿，电器坏了，都愿意找老母修，还帮着传名声儿：我们单位的老母会修无线电，SONY的？没问题，拿来吧。

老母帮不上忙的是国庆，五一。逢节日，单位放假都要安排值班儿，早先是防阶级敌人破坏，后来是防偷盗。过节的意思，就是洗洗衣裳，理理乱，多少周年倒在其次。因此大家都不太愿意孤零零的在单位值班儿，于是就轮着来。老母轮不上。

老母是右派。

七九年，有消息了，说中央要给右派平反。大家都替老母高兴，都说，这下可就都解决了，挺好的一个人，干么呀，都这么多年了！

到了有一天，进来一个戴远视眼镜儿的，问，哪位姓毌呀？大家停下手上的活儿，说，找错了吧，我们这儿没有姓贯的。老母站起来说，我姓毌，大家叫惯我老母了。戴远视眼镜儿的大笑，说，怎么能念母呢？母是当中两点，毌是当中一竖。毌丘在古代是复姓，后来分开姓毌姓丘。你们这儿有姓丘的没有？你们是一家人嘛！老毌，你也是，怎么能容忍这样的错误呢！我是组织部的，来，我们谈个事情。

老母和戴远视眼镜儿的进了里屋。大家都觉得组织部的有学问，明白事儿，于是互相递着眼神儿，听着，等着。

里屋不太隔音。吃饭铃儿响了，就听见老母的声音：我说了，我就是右派，无反可平。右派是一个派，左派也应该是一个派嘛，也许人数上多一点。

老母出来了，一边儿拿自己的碗，一边儿问，谁要带饭？

洁癖

老白个儿不高，也说不上矮。圆乎脸儿，额头倒是方的。耳朵有肉。看人的时候，眼睛不大，也不小，正好。嘴干净得像从来没有吃过饭。

老白是很温和的一个人，和老白接触不用久，就能知道，老白有洁癖。

老白上大学的时候，一间宿舍住八个学生。七个学生都不讲究，手巾不拧干，滴一地水。脸盆像圆表，高高低低结着灰圈儿。碗筷永远是打饭的时候才洗。十四只袜子，七种味儿。

老白没法子，跟学校说了，走读。四年，风里来雨里去。毕业的时候，同学给老白的赠言是：出污泥而不染。老白说，我是避着才没染。同学说，是呀，所以才劝你呀。

老白后来当然很难。

单位里有同事习惯脱了鞋把脚缩在椅子上办公，思考的时候，慢慢用手指摩挲脚趾，老白就很紧张，因为文件是要传阅的。

发薪水了，会计科给了一小沓儿人民币，五张十元的，一张五元的，一张一元的。老白说，请给换一下。出纳员说，换？换什么？十块五块一块，就这三种！老白说，您看这钱又软又黏，怎么拿着用啊？出纳员说，爱要不要，不要拉倒。

最难熬是上厕所。只是用过的纸积成山这一项，就叫老白心惊肉跳。味儿呛得人流眼泪，老白很奇怪怎么别人还能蹲着聊天儿，说到高兴处，还能抽着气儿笑。

老白谈过恋爱。两个人到郊外僻静地方儿找着块长石头，老白铺了大手绢儿，两人坐下了。谈得投机，拉手，拥抱，接吻，女的把舌尖儿顶进来，老白一下子就醒了。

大家都说，老白是有病，洁癖。癖，就是改不了的病。

谁也没想到，无产阶级文化大革命把老白的洁癖治好了。不但老白，单位里好多人的病都好了。都说，光想着可憋死了，活过来一瞧，吓，病倒都好了。老白变得心很宽，不再计较干净不干净，彻底的温和了，加上有了点儿岁数，显得挺福态。

形势也瞧着要变了，隔一阵就讲落实知识分子政策。机关党委分管人事的书记宣布要家访，了解知识分子的问题。

书记敲了老白的门，进去，很小的一间，白粉墙，白漆窗框，白桌白柜白椅子，白床白被白枕头，高低不平的地都是白的，工具书用白纸包了，只有墨水儿是蓝的。

书记啊了一声，说，听说你这个家不请人家来，二十多年，我是第一个能进来的吧？哈哈，党还是关心你们知识分子的。

老白笑笑，让书记坐了唯一的椅子，自己坐在床边儿，看着书记，好像不认识。

书记从国内讲到国际，又从国际讲到国内，说得高兴，就把手指头伸到鼻孔儿里去挖。挖出来了，就很慢地在手指上揉，话题已经转到当前的四化建设，需要知识分子。知识分子已经定为工人阶级的一部分了，是领导阶级了嘛，所以要体会国家的难处。

书记忽然停下来。

书记发现老白盯着自己的手，明白了，想借手势抹到椅子上，老白紧紧盯着。想擦到鞋底，白白地叫人发怵。虚举着一只手，终于，慢慢放回到自己的鼻孔儿里。

书记很严肃地说要走了，站起来，老白赶紧把门拉开。

书记站在门口，问有什么问题没有。老白说，没有。

老白听见书记大声地在走廊里擤鼻涕，用脚擦，就摇摇头，把床单轻轻扯平，擦擦椅子，坐下来看书了。

大风

老吴最喜欢的一条毛主席语录是“世界上怕就怕认真二字，共产党就最讲认真”。

老吴想，很对。编了四十年刊物，凡经我手签发的文章，从来没有错漏，靠的就是认真。越是名家，越要小心。运动来了，他们也写得很急，急，就容易有失误。人没有不出错的，名家也是人嘛。

老吴的麻烦是，他把心里的体会在政治学习会上讲出来了。

学习会是每个星期都有的，每个人都要发言的。

老孙，几个月前是编辑，听了以后，说，你的意思是毛主席也会出错了？

老吴脸筋跳着，说，我一些些那个样子的意思也没有！

老齐，几个月前也是编辑，点了数下头，说，深挖下去的话，其实有一层恶毒之处，我们都知道，毛主席是当代最伟大的马克思列宁主义者，是中国革命的伟大领袖，把毛主席等同我们这样的人，大家可以想想，是什么性质的问题！

老齐向来说话慢，老吴很有时间镇静下来。

老齐刚说完，老吴就说，你的意思是，敬爱的毛主席他老人家不是人了？

老齐看着老吴，之后，看看老孙，看看其他人，再看着老吴。

老吴一个眼睛是惊叹号，一个眼睛是不用回答的疑问号。

大家都看着进驻杂志社的中国人民解放军宣传毛泽东思想工作队，简称军宣队的班长大李。

大李卷了一支锥形的烟，叼在嘴上，划着火柴，挤起左眼点好，把桌上的帽子甩到后脑勺，话和烟纠缠着出来。

要叫俺说？好，俺说。俺会种地，会打枪，你们哪个会？要不是个“文化大革命”，俺不会到这个城里，也不会拉扯着你们学习毛泽东思想。学习毛泽东思想就学习毛泽东思想，哪个叫你们仿老婆子拌嘴？寻思俺看不出来呢！骂人不带屌，杀人不用刀，说你们是臭老九，俺寻思了，不屈枉。简简单单一条儿语录儿，吓唬来吓唬去，乌龟咬王八的球，哪个咬到哪个来？要叫俺说，秃子头上走虱虫，明摆着的三个字，共产党，共产党讲究个认真。你们，都算上，哪个是共产党？

是的没有说是，不是的没有说不是，都看着大李。

之后，回去打点行李，下五七干部学校。

干校除了劳动，学习，开批判会，当然还要吃饭。吃了饭，当然还要拉屎。

干校七百人，每天下来，三个茅房的坑，当然都是满的。满了当然掏出去，好能再拉。

粪不难掏，用长把的勺舀到大桶里，把桶挑出去，倒在场上，晾干就是了。难的是防猪吃和狗吃。

猪和狗，都有背景，不是好惹的。猪是贫下中农的猪，狗呢，也是贫下中农的狗。打狗须看主人，轰猪呢，自然也须看主人。

狗改不了吃屎，批判稿上常用来形容除无产阶级以外的阶级的本性的俗语，却是一件需要认真的事。

老齐被分配去看猪和狗。老齐看稿子很快，会认很潦草的字。

于是，不是屎被猪和狗吃了，就是猪和狗叫老齐打了。批判会上，老齐的罪，最轻的是，不认真。老孙发了言，老吴也发了言，大家都发言了。

老齐连夜写了检讨。以后不断地写检讨，因为狗改不了吃屎。

粪倒在场上，晾一两天，就成了粪干。粪干需要大致捣碎，之后扬到地里去。庄稼一枝花，全靠粪当家。不让老齐看猪和狗了。老齐、老吴和老孙，都去捣粪干。

老孙捣得很认真，居然在干校的大喇叭里被表扬了一句。

老吴和老齐，决心更认真。先用石头把粪干砸裂，再砸，粪干成了小块。再砸，粪干由黑变赭。再砸，由赭变黄，变金黄，变象牙白，呈短纤维状，轻轻的，软软的，有一股子热烘烘的干草香气，像肉松。

起风了，突然间就很大。

粪都在天上。

老吴，老齐，老孙，猪，狗，都望着天上。他们觉得，好久没有抬头看过什么了。

蛋白

詹达因为个子高，与他相熟的人都叫他詹大。

詹大有一次在街上，远远见到许多人围着，就走过去站在外面看。原来是有个人在卖老鼠药。后面的人挤不进去，纷纷问詹大，那大个儿，里头干什么哪？詹大个子高，看得见，就一五一十地说，还加上自己的批和评。站在里面的人于是纷纷伸脖子看外面的詹大。卖药的扔了死老鼠，说，是我卖药呢，还是这位大兄弟您卖药呢？

詹大其实并不爱在街上闲逛。相熟的人在街上见到詹大东瞧西看，都会招呼着问，小丁子这回稳的，怎么样，清华还是北大？

小丁子是詹大的儿子，今年考大学。

詹大把手捏得喀吧喀吧响，说，一说外国，你们就知道个美国，一说大学，你们就知道清华北大，你们这心胸够窄的。听说过师大没有？听说过援庵先生没有，就是陈垣？我们校长呀！我读历史，陈先生的系主任。当年我大小也是个高材生，隔三差五就有观点。陈先生把我叫去了，说，什么什么书读了没有？我说马上就读完了。陈先生说，什么叫马上？我说就是还差一页，陈先生说，那怎么已经出来观点了呢？告诉你们，师大的学生，不比清华北大的差，就是因为家里有点儿问题，出身不好什么的，才叫师大收容了。

大家说，那小丁子一定是报考师大了？詹大说，没有，我让他报的北大。

詹大在街上逛得差不多了，瞧瞧腕子上的表，慢慢地往家里走。

詹大的家是很标准的小，因为詹大个子大，所以显得不是很标准。詹大一直没分到房，理由很简单，就是领导认为詹大的房并不小，只是因为詹大大。按人均面积，詹大和别人一样，都是二点六六六平方米。

家里的作息，也和别人一样，儿女占了桌子做功课，父母就在附近的街上慢慢地走。外国记者报导说，中国，是一个节奏很慢的国家。詹大读到了，对同事说，可能译错了，节奏怎么有快慢？速度才分快慢。要慢，快了，就像丧家犬了。慢走，能替国家遮丑儿。

詹大懂营养。用脑子，消耗高蛋白。缺蛋白质，有很多症状。儿子晚上睡觉脚抽筋儿，隔着布帘儿，詹大说，植物蛋白吃得再多，还是差点儿劲儿，小丁子，站起来到外头走走，躺着不行，躺着肌肉松弛，一抽筋儿，相对的肌肉不易产生校正的力量，就抽得特别厉害。起来，跺脚，使劲跺。小丁子，别哭，爸明天给你弄点儿动物蛋白。

詹大算计来算计去，还是没有力量投资动物蛋白。詹大于是早早起来，去买肉皮。走了几个铺子，相熟的售货员说，詹大呀，死人有皮，死猪没皮。詹大问，皮呢？售货员说，皮？皮出国了，赚外汇。有的时候有，今儿的早叫人买走了。詹大笑了，说，吓，敢情不只我一个人懂蛋白。

发榜了，詹大在门口接到寄来的通知单，拆开，詹大眉头拧到一块儿。

小丁子回来，詹大问，你，你自己报了师大？儿子说，是呀。

詹大把手捏得喀吧喀吧响，说，你瞅着你爸当个教书的挺体面是不是？儿子说，师范管吃管住，四年不用家里出钱，你在家也能躺直了，我不报师大，瞎了眼报北大？

詹大说，好吧，为了庆祝四年的福利，爸豁出去请你一回。你说吧，吃什么。儿子说，鸡。詹大说，好，鸡就鸡。

詹大买了一只鸡，提在手上晃着走，对每个人说师大，相熟的人说，詹大，可瞧见你买动物蛋白了，补补身子吧，要不，怎么看都是鸡比你大。

西装

老李是苦读出身。

苦读，先是因为家贫。

老李三岁丧父。母亲在镇上街边为人缝穷，日头底下做一天，穿针引线，三十岁眼就花了，回得家来，煮菜放油，为了节省，总要倒上半天。老李小小年纪，早早就会替母亲倒油了。

母亲只盼老李上学，将来能挣大钱。老李也以为读出书来可挣大钱供奉母亲，因此苦读。

老李小学就读得极好，到了初中，班上有同学，亦是用功的，把眼睛读坏了，配了眼镜，价钱吓了老李一跳，要十五块人民币。

老李不敢再在街灯底下做功课，母子二人为此焦虑了许久，老李甚至想到屋顶上去读书，因为那里离街灯比街面上近。

老李算了一笔账，若每天晚上家里开灯，每月的电钱，整个初中念下来，大大多于十五块人民币。于是，老李赴汤蹈火，继续在街灯下读书。

高中毕业，老李的眼睛居然没有近视，同学都认为是奇迹。

老李知道，自己是看一段书，就闭上眼睛，努力在脑子里再看到那段书。思索的时候，眼睛不盯在书上，或闭眼，或看远处。老李说，书上到处都写着：十五块钱，十五块钱，十五块钱，哪里还敢多看？

学业优良，老李被保送上大学。老李挑了师范大学，免学费，还有补助。

但老李的记忆能力很快就惊动了高等教育界。教授们，医生们，各级领导们，都惊动了，开了一些观察会，讨论会，汇报会，在是不是因为是制度的原因而产生的奇异的能力这个原则问题上争论了很久，决议是，让老李转校转系转专业，读版本。

读什么，老李无可无不可，只要衣食有着落，可供养老母。

老李被分配到图书馆的时候，对版本的鉴别，几乎到了特异功能的地步。

老李不用看内容，只远瞄一下，即可说出某朝某人某刻，现藏何处，各刻本的异同缺失错漏。为此，老李专门被美国华盛顿国会图书馆请去解决一些关键的小问题。

出国第一件事，是置装，老李的说法是，做西装。

老李被人上下摸索，量了尺寸。取活的时候，胳膊套不进袖子，裁缝师傅说，先套一只胳膊，不要完全套好，另一只胳膊往后找，摸到领子，好，往下伸进去，两只胳膊把衣裳挑起来，扣子不要系，这扣子是聋子的耳朵，摆设。非要系，只能系一个，上面这个。系俩你可就土了。

老李回家，穿给母亲看，母亲说好看。

老李发现这西装非常不适合图书馆工作人员，取架子上稍微高一点的书，两条胳膊就不好抬，虽然是公家出的置装费，撕扯坏了到底是糟蹋东西。上飞机后，老李觉得天底下最叫他用心的，就是身上这张皮，不敢蹲，不敢随便坐在哪儿。一天下来，老李被衣服累得立刻就睡着了。

回国到家，母亲说，天眼瞅着就冷了，这洋人的衣服瞧着不像能套棉袄，西装外面套袄，就得给你新做袄了。老李说，家里这些衣裳，没有一件能配这张紧身皮的，卖了吧，也算我学的这门还能挣钱。

定论

老贾年轻的时候脑筋很好使，教授说他书底子厚，又明理路，前途，当然是指学术，前途随便怎样估，都是无限量的。老贾的一个学长，也是教授的得意门生，后来做了国民党的大干部，人家问起的时候，教授沉吟着说，人求学术，学术不求人。听的人倒不太明白是什么意思。

老贾有一点输不起的脾气，辩论什么问题，辩赢了，当然就是赢了；辩输了，则翻箱倒柜，查典寻据，一定再辩。有时候辩到教授面前去，教授细细听了，说，我的结论是，继续辩下去，赢了，未必就是赢，学术上，没有绝对的对错，也许有，但我不知道。

老贾对教授渐渐有些不满意，竟至有些苦闷。

老贾有个同学于是常常来疏导他，办法简单而有效，就是在绝对的崇拜的基础上，顺便暗示一条绝对正确的路。

老贾后来参加了革命，而且在革命队伍中的地位渐渐很高，常做报告，有知识，会发挥。朴素的革命道理如果有学术的论证，再富想象力，报告会是一定有热烈的掌声的。老贾倒并不看重女同志们低头不停地抄笔记，他认为那起码是记忆力不佳，离融会贯通就更远了。

老贾渐渐体会到，哲学的贫困导致贫困的哲学，同理，哲学的正确导致正确的哲学，因此，前提的正确，导致几乎是所有的正确。老贾很满意壮硕之年身处前提正确的年代，好极了，非常好。

尤其好的是，感觉好，一种所向披靡的感觉。回想起旧社会大学年代的辩论，真是幼稚，不成熟，没有饱满的感觉。如果没有绝对的对，是要滑向悲观主义的，真可怕。老贾有时甚至不能容忍自己回忆这些。老贾很赞同解放后的批判运动。

老贾支持批判蔡元培，尤其是蔡元培当年主持北大时的组织方针。

老贾对批判胡适、俞平伯不太感兴趣。老贾根本就蔑视这种人，因此，文章写得很快，洋洋洒洒，随便就有让别人击节的段落。下级有时很恰当地当面赞叹，老贾不说话，只仰靠着思想，轻轻地摇头。老贾没有写过批判蔡元培的文章，老贾自己也觉得奇怪，但很着意批判蔡元培的文章，生怕别人写得不好。

老贾在一个大场合碰到过教授。教授老了，很慢地嚼菜，不说话，后来说话了，是问会议的服务员可否带一点剩菜回去。

老贾并没有在无产阶级文化大革命时死去，虽然他是当权派和权威，皮肉之苦当然受过，要不怎么叫无产阶级文化大革命呢？老贾很清楚别人当时为什么打他，也因此想了很多，所以老贾恢复原职到办公室的时候，对秘书很和气。

秘书说，后天有个国际学术讨论会需要您主持，材料已经准备好了。

老贾问，讨论的问题有定论了没有？

秘书说，还没有。因为问题涉及的面很广，先进国家已经讨论十几年了。

老贾说，所以我们应当虚心一些，注意收集国内外的不同意见。这样吧，你明天拿出一个大纲来，搞出个定论，不必详细，我在会上发挥一下。不管什么问题，先进与否，十几年也应当有定论了。

仇恨

老张和老李是很多年的朋友，这个很多年，有的人说，当然是从小就是朋友的意思。

老张不同意。

老张说，我和老李，小的时候不认识，他在福建，我在山西，我们大学才在一个班。

老李说，我和老张都喜欢文学，我们常常在一起谈谈文学。我的家境好一些，有的时候，就我掏钱，到外头吃个小馆子，叫个下酒的碟子，煮花生，煮毛豆，要不就来个——

老张说，要不就来个酸辣条。别看老李是福建人，他挺喜欢酸的，是不是，老李？

老李说，是这样的。好像就是从那个时候开始喜欢酸的东西。我觉得酸的东西很适合谈文学。文学这个东西很难谈，吃了酸的东西会有很多口水，不说话不行的，一定要说话。酒，无非是让你大胆地说话罢了。

老张说，奇怪，我怎么不知道你是这样的？

老李说，因为我没说嘛。

老张说，我们是很多年的朋友，看来你有些话没有对我说过？

老李说，是呀。

老张说，这是朋友吗？朋友就应该无话不谈，要不然怎么叫朋友呢！老李，我们这么多年了，看来你有点不太够朋友。

老李说，朋友应该是有的可谈的意思。我们不是很有的可谈吗？谈了这么多年。朋友之间不应该有压力，你不要给我压力。

老张说，真是的，这么多年！好吧，你告诉我，什么是你不能谈的，什么是你能谈的。做你的朋友，我心里也得有个数。

老李说，两难，这是一个两难的问题。我们谈过两难的问题。你叫我说我不说的。你还记得一帮一、一对红的谈心运动吗？

老张说，扯不到一块儿去。

老李说，对运动的态度就是对革命的态度，革命，成了道德压力了。朋友的压力，也是这样。

老张说，你要不说这个，我心里还没疙瘩。你说了，我心里就老翻腾了。你想想，这么多年了，真是记不清说了多少话了，结果您今天跟我说，您有话没跟我说。你说，这话传出去，我这脸往哪儿搁？人家说了，老张老李是不说心里话的朋友。

老李说，真是那样重要吗？

老张说，你这话就不像是朋友说的话。这样吧，就算我问了个两难的问题，让你说你不说的。好，不谈这个。今天，我们在这儿，谈清楚，你认为咱们是不是朋友？

老李说，是，是朋友，是有很多话可谈的朋友。

老张说，既是有很多话可谈的朋友，看在我们是朋友的面子上，你说，你对我这个人怎么看？

老李说，这么多年来，我恨你。可这跟你没关系，我恨你是我自己的事。歌德说，咱们谈过歌德不是？歌德说，假如我爱你，跟你有什么关系？

观察

老张肾气足，头发旺，而且黑，没有一点儿该退休的模样儿，可是退休了。年龄在那儿摆着，文件又是三令五申。

单位里的同志都舍不得老张走，欢送会开得热里透凉，倒是老张安慰同志们。

老张说，哪有不散的席？我不是说党的事业是席，我是说，大家工作一场，总有先离开的。我这先走一步不是说我先死个球，你们继续为党工作的，真未必有我活得长。我不是说我就不为党继续工作了，我还可以继续为党工作嘛。前些日子不是有个研究所找我，让我写点子心理学的东西。我说给他们了，我是不懂你们那套佛乐得，叫什么？伏了依得？伏了作揖吧！我说了，人心都是肉长的，天下一个理儿。你要想人伏了你，你就想想人这一身肉是怎么长的。临别嘛，说点儿实在的留给大家伙儿。往后有什么烫手的活儿，告诉给我，我不是说你们不如我，我骄傲，不是那个意思。我到底干了快五十年了。

老张退休了，不会提笔，不会架鸟儿，街上下棋打牌，只能伸脖子看看，不懂。

老张不去气功班。老张说，我一个肾顶他们俩丹田。

老张于是常常在家待着，看看东墙，看看西墙，看看西墙，看看东墙。

老张当然也看儿子，用上班儿时的术语，叫观察。

老张没退休之前常上夜班儿，和家里人是阴错阳差。几十年下来，很不容易，儿子生得晚，关心不够，退休了，有时间关心了。

老张很快就观察出来，儿子手淫。

老张找了个空儿，跟儿子说，打手铳了吧？没什么脸红的，爷们儿哪有不打手铳的？明摆着铳老得有活儿。活儿自己做了，比街上犯罪强。你要是犯下罪，你爸这脸可就不太好搁了。老大不小了，虽说党的政策是晚婚，你也在婚姻法许可之内了，瞅着合适的，就结了。说来又是老话儿了，打铳走肾，肾气接不上，乏了，革命工作可就有心无力，有力无心了。是不是这么个理儿？有爸说的这个体会不？爸是为你好，怕你走了肾心里还揣块石头。爸就你这么个儿子，打打铳没什么，可别当了长久之计。

老张知道，天大的事儿，说了，八成儿就好了。老张一辈子就恨有什么事儿窝着不说，不利人，不利己，简单的搞成复杂的。

单位上来人了，问问老张的日常。老张沏了茶，说，挺好，谢谢组织上和大家伙儿惦记着。

来人说，老张啊，有个事儿，想听听您的经验。

老张说，只要是业务上的，我熟，只管问。

来人说，这几天所里押来个犯人，政治方面儿的。上头很关心这件案子，有点儿急，我们也有点儿急。

老张笑了，说，知识分子，不供是不是？

来人说，听听您的经验。

老张说，观察，观察到他打铳的规律。

来人问，什么是打铳？

老张说，我看你真是个知识分子，打铳就是自己玩儿自己，春三秋四冬满把，热天儿就用俩。人心都是肉长的，圈起来没有不打铳的。一打铳，就能制，打完铳，万念俱灰，胸无斗志，马上提审，情况就不一样了。要不就点明给他，知识分子脸皮儿薄，威风减了，就好说了。打读书人是下策，精神气儿，越打越得意。也有不经打的，得观察。

色相

老关刚来的时候，挺好的一个人，什么事情，总是不声不响地做。

渐渐的，大家对老关就有看法了。比如早上上班后。

单位里上班头一件事，就是打开水。一个办公室，有两个暖壶，人多的，有三个，四个的很少。到锅炉房里用开水将暖壶灌满，提回来，大家都泡好茶，就开始聊天。昨天的风，今天的雨，明天的持续高温，中央的头疼脑热，地方的流行病。之后，开始分专业聊，好体育的聊昨天的实况转播，好吃的聊饭馆儿，好奇的聊特异功能。老关呢，总是先替大家把开水打了来，这大家都没意见。办公室的人啜过了一遍茶之后，老关又去锅炉房把开水打了来，大家更没意见。

意见是，老关从来不参加聊天，照党员的说法是，老关不联系群众。

老关刚来的时候，大家倒不觉得什么，人生疏嘛。可是也没有生疏这么长时间的。半年了，还是不和大家聊天。而且老关的不聊天，不像是性格的关系。有时候大家聊天碰到专业方面的词，不懂，问到老关，老关差不多都能说个子丑寅卯，态度认真随和。大家以为就聊起来了，不，老关说完了，就完了。

老关不参加聊天，如果是干正事，大家觉得倒也没什么。问题是老关想办法要干的，也不是什么正经事。

比如有个单位说是业务需要，招选女模特儿，上级特准穿泳装面试。这个单位正好和老关的办公室有点关系，于是，老关骑上自行车赶去了。试了三次，老关去了三次。复试一次，老关也去了。后来评选委员会向领导汇报表演了一场，老关又去了。大家也不是不想去，可像这样的去法，就都有点不以为然。

又比如单位里出差。出差本来是个人人想去的事。可是后来各地物价涨了，出差补助没涨，就不太有人愿意去。钱就受不了，广州一碗汤面两块钱，回来还养不养家了？老关是凡有出差，必要去。自己买一提包方便面，带个保温杯，一趟差出回来，下巴都尖了，只有两个眼睛骨碌骨碌转。问他去得怎么样，他说，很好，看到不少东西。但也不说看到什么了，只说看到不少东西。

慢慢大家就知道老关爱看东西，特点是什么都看。

老鸹在树上垒个窝，下了小老鸹，老关张了个嘴在树下看半天。

要下雨了，老关看黑云彩，等着看打闪。雨住了，看虹。没有虹，看街上的脏水。

有展览了，服装展览，国外卫生设备展，画展，农具展，摄影展，新发明展，废物利用展，儿童用具展，恐龙化石展，出土文物展，收集文物展，都看，没有老关不看的。

杂志每期老关都看，每种都看，不看文字，光看图。彩色的，黑白的，翻来翻去。

有一天，有人喊说天上有个不明飞行物。正是UFO热的时候，大家都挤到外头看。天上有个小亮点，看不出是什么。后来广播说了，是气象气球，大家才扫兴回来。老关呢，居然跑到街上买了个儿童望远镜，一个人站在院子里对着天看，看了很久。大家都在办公室里看着他，说，老关怕是精神上有点儿毛病，得注意了。

老关终于不看了，回到办公室来。大家问他，广播都说了，是气球，你还看什么呢？

老关说，很高，这样高的气球没有看到过。

大家说，老关，你也是有年纪的人了，文化挺高，没事儿和大家聊聊，别什么都傻看。

老关看看大家，说，诸位是什么都说什么都打听的人，那我的事情大家肯定都知道。

大家都没说话，都在心里说，哪能在人家面前提人家的那种事呢！你不是在“文化大革命”的时候，为了一句话蹲了七年大狱吗？怕你伤心，你倒自己说。

老关使劲挤了挤眼睛，说，我差点瞎了我就对自己说如果能眼睛好着出去就抓紧时间看东西再被抓起来我已经尽我的能力看了很多东西。

大家都说，老关老关你看你看，怎么可能呢！

老关走过去摇摇暖壶，之后一手提一个往外走，说，怎么不可能呢？

白纸

一九六六年七月底，孙仁之接到一封信，信上写，“孙仁之同志收”，收信地址是对的，寄信方面只有两个字，“本市”。

孙仁之从传达室拿了信，本来想拆开看，但是碰上一个人，聊了聊，又看了一会儿吵架，回到办公室，才想起兜儿里的信，于是先沏了茶，喝了一口，发现报上有条消息挺有意思，慢慢看完，才拿了剪刀拆信。孙仁之活到一九六六年，并没有什么复杂的经历，连情人也没有过，偶然看惊险情节的电影，例如美蒋特务把定时炸弹拨在国庆节上午十点整，银幕上公安人员满脸是汗，音乐的不谐和音强到不能再强，终于没有爆炸，孙仁之也会舒出一口气。从电影院出来，孙仁之总是到小饭馆儿吃点儿东西，看看来来去去的人，就回家了。

孙仁之没有拆信前先对光看看信纸的位置的习惯，因此剪坏过一两封信，也无所谓，字可以读，而且孙仁之不留信，所以剪坏了就剪坏了。

孙仁之剪开信封，抽出信纸，打开，是一张白纸，翻过来，也没有字，斜起眉毛想了一想，就把信纸放回信封，把信封丢到废纸篓里，接着再看报上的其他消息。孙仁之没有将事情奇怪到半分钟以上的习惯。

下班了，孙仁之回家去，吃了一盘菜，两碗饭，犹豫了一下喝水还是喝茶，暖壶里只有温水，于是没有泡茶，喝了半碗水。到院子里和邻居聊了一会儿天儿，回到屋里，躺在床上，慢慢就睡着了。半夜醒来，打开被子，脱了鞋袜，重新躺好，规规矩矩睡到天亮。第二天起来以后，就上班去了。

孙仁之正看报的时候，保卫科来了一个人，叫孙仁之到保卫科去。孙仁之补了一口茶，就随保卫科的人到保卫科去了。

保卫科的人叫孙仁之坐下来，问，昨天谁给你来的信？孙仁之没有来过保卫科，正看墙壁上的表格，听到问，转过脸来，说，没有人给我来信呀！

保卫科的人在纸上记了点什么，从抽屉里拿出一张纸，放到孙仁之的面前，问，这是谁给你来的信？孙仁之看了一下，是一张白纸，问，这是什么？保卫科的人将白纸收回去，说，叫你来，不是让你问我这是什么那是什么，政策你是知道的，坦白从宽。

孙仁之突然想起来昨天收到过一张白纸的信，就问，这张纸是那封信吗？

保卫科的人的表情很难捉摸，说，看来你知道这是什么。说完之后，保卫科的人就只用手指敲桌子。

孙仁之突然明白事情有点像电影，自己接到密码信，关好窗子，关窗子之前，还探察了一下窗外。之后，打开灯，灯上罩着纸。拿来一盆水，把纸浸到水里，纸上就慢慢显出字来。任务很具体也很模糊，炸桥，杀人，到某处接某人，某人或是空降或是坐在某处用报纸遮住脸，暗号是，例如同志借个火儿。报纸慢慢放下了，但帽檐儿还是遮着眼睛，镜头推近，终于可以看出是哪个名演员，王心刚，于洋，等等，或者反派，有名的反派演员也很多，答出暗号，都是那种紧张的平常话。

孙仁之关于紧张的经验全部来自电影，当他开口回答之前，纸上显现的字是黑的，因为彩色电影里不再拍密码信了。

孙仁之说，我没有打水。保卫科的人怔了一下。

孙仁之说的我没有打水，在“文化大革命”后成了单位里的一句笑话。孙仁之向各种审问他的人解释过，保卫科，造反派，各种造反派，“文革”后的保卫科。结果是一九七七年平反，将他档案里的那张白纸还给他。

事情很简单，办公室的同事拿了废纸篓里的纸上厕所，发现写着孙仁之同志收的信封里是一张白纸，于是连屁股也没擦，就到保卫科去了。

后来孙仁之把那张白纸熨平，用一个镜框装起来，挂在家里。

噩梦

老俞爱笑，没有什么可笑的时候，老俞也是笑笑的。若是谁讲了笑话，或是出了什么可笑的事，老俞笑，是一定的，而且必是别人笑完了老俞还在笑。

小贺不太会讲笑话，又怕别人不笑，可后来会讲笑话，就是老俞的笑鼓励出来的。

老俞笑，有的时候是麻烦。传达文件，不管是局里上百人，还是科里十几人，都是严肃的场合，老俞哈哈大笑，让大家很尴尬，大家愿意私底下笑，或者聊天儿聊到时笑，哈哈大笑。

大家都要皇帝的新衣，因此大家有的时候有点儿嫌老俞，照科长的话说就是，不分场合。

科长说，老俞，你这爱笑的毛病，得改改了。传达中央文件，你笑，算怎么回事儿？文件里讲了让大家伙儿高兴的事儿，也不应该笑嘛，应该严肃。

老俞说，对，我这么笑，不合适，不合适，改，下回改。

可是下回老俞又笑了。所以，大家慢慢学着在某种场合不认为老俞的笑是笑，而是咳嗽、呵欠。不能认为是放屁，因为若是认为是放屁，大家就会认为是不必顾忌的可笑事儿，就会跟着笑。

最叫大家心惊胆战的是，老俞总是笑声很大。也许是因为常常笑，老俞的声带锻炼得极好，加上胸、鼻、颅三腔的共鸣，简直是出神入化，可以穿墙透壁，声震屋瓦。聊天儿的时候大家笑，老俞也笑，是合唱，没什么，越大越好。传达文件，老俞笑，就是独唱了，越听越怵。

小贺说，老俞，您怎么这么爱笑呢？您从小就爱笑吗？

老俞说，没有哇。

小贺说，那您什么时候就这么爱笑了呢？

老俞说，说不好，大概是“文化大革命”吧。

小贺说，您原先是造反派？

老俞说，不是啊，我哪儿有造反的本事。

小贺说，那您“文化大革命”的时候高兴什么呢？

老俞说，我没高兴呀！谁说我那时候高兴了？

小贺说，您不是说您“文化大革命”的时候爱笑的吗？

老俞说，是啊，我记得那时候有个老同学跟我说，你怎么这么爱笑了呢？我有这么个印象。

小贺说，是那个时候人都爱笑吗？

老俞说，有笑的，有不笑的，不一定。

小贺说，那个时候，什么人笑呢？

老俞说，我就笑啊。

小贺说，老俞你这个人真烦人，我问你，你为什么笑？跟你说实话吧，大家伙儿不喜欢你笑，不该笑的时候儿你笑，别人有点儿害怕。

老俞说，我也怕，我得笑，我一直做噩梦，笑了才好一点儿。

回忆

大李从部队复员后，等了一年，一九七二年才分配到工作。

大李人老实，说起话来，板板眼眼，像复述命令。单位里的复员兵，有几个能说的，又是党员，都很快当了干部，七弄八弄，也都结了婚。

大李没有当上干部，也没找到对象，到单位的伙房去洗菜，或者，帮着采购员去买菜。当了干部的复员兵到领导那里，说，为什么叫大李去伙房？大李以前在精锐部队，起码可以在保卫科干干吧！这么着对待大李，不合适吧？党的政策不是这样的吧？

领导说，伙房不重要？阶级斗争，要天天讲，月月讲，年年讲，有人下毒怎么办？我们信任的同志，我们才分到伙房去。

但复员兵们总觉得大李丢了复员兵们的脸，怀疑大李在部队上受过处分，托了关系打听，没有，没有受过处分，挺好的，复员倒是提前了一点，没有受过处分。

复员兵们认为，提前退伍，一定有原因。传开了，单位里的人说，大概是有什么病吧？马上有反驳的，说，有病？有病不会分到伙房去。

于是大李成了最受注意的人。

大家有事没事，都要琢磨一下大李，设了各种圈套，希望可以证明大李有预期的毛病或者缺陷。大李在不知道的情况下，经受住了考验。

于是大李又成了最不受注意的人。

一九七六年，伟大的领袖毛主席逝世了，单位里有人哭得昏过去。

悲痛过后，是运动。领导传达文件，说，上级指示，各单位要开展一个回忆运动，回忆毛主席光辉形象的运动，也就是说，凡是在伟大领袖毛主席他老人家生前见过他老人家光辉形象的，都可以在大会上回忆，回忆得好的，报上去，可以在省里巡回回忆。条件很严格，一百公尺，也就是说，凡是在伟大领袖毛主席他老人家生前，一百公尺以内见过毛主席他老人家的，才有资格在大会上回忆他老人家的光辉形象。一百公尺以外，就不具备回忆的资格了。

大家都觉得自己见过毛主席他老人家，而且是一百公尺以内，但大家也很快谦虚下来，明白自己见到的是每天无处不在的像，立体的，平面的。会场很安静。

大李举手了。

领导问，是一百公尺以内？大李说，是。领导问，确定？不是可要负责任的啊！大李说，在部队受过目测训练，错不了。

大李坐在台上，很兴奋，大家也很兴奋。

七一年我们团接到命令说是保卫中央首长。首长是谁是保密的。首长自己住在大楼里。我们一个团的兵力驻扎在首长住的大楼后面的大楼里。有一天，哪一天我不能说，我值岗。我站在我们团驻扎的大楼前面。天黑。首长住的大楼和我们团驻扎的大楼中间有一块贴大字报的大木牌。天黑。贴大字报的大木牌前有灯。后来，有一个人从首长住的大楼里出来。出来的人很高。后来，那个出来的人到贴大字报的大木牌前看大字报。原来我就觉得在哪里见过那个出来的人，他一站到灯下，我就认出来了。他就是，我们伟大的领袖毛主席。我是贫下中农的子弟，我觉得我应该呼口号毛主席万岁。我是右手持枪。我把枪换到左边，因为呼口号要举右手。我刚把右手举起来，就有一条胳膊卡住我的脖子，把我拖走了。我就是这样见到了我们伟大的领袖毛主席。

大李后来结婚了。

补鞧

补鞧这种东西现在很难见到了，尤其在城里。

补鞧的历史很长，当然这意思是说由现在向古代追索，长得找不出补鞧始于何时的证据。也有将“补鞧”写成“补钉”的，但“钉”的历史短于“鞧”，而且“补钉”说的是另外的意思。

至于为什么“钉”的历史短，老林的理由是“钉”是铁做的，因此有个“金”字旁。老林的这种望文生义，在街上路灯底下说说还可以，他忘了自己有个小箱子，铜合页就是用铜钉钉住的，而殷商的时候就有铜了。

老林曾经很注意过郭沫若和范文澜辩论中国历史奴隶社会与封建社会的分期，因为“铁”是分期的理由之一。

但老林最注意的是补鞧，凡是有关补鞧，老林都特别注意。比如城里曾经有过补碗的，一个人，挑了一副担子，沿街叫，锔锅锔碗锔大缸。老林听到了，立刻就到街上去。

老林的日子过得很小心，没有打碎过碗，也没有砸坏过锅，缸呢，没有缸，老林盛东西用桶，铁皮桶，后来是塑料桶。

老林站在锔匠的旁边，看锔匠用手拉钻在瓷或陶上钻小眼儿，然后把碎裂处对齐了，再把铁锔子的两个弯尖头儿按进裂缝两边的小眼儿里，使小铁锤敲敲，抹一些湿的白粉在锔子周围，活就算做完了。锔匠看老林在旁边，说，劳驾弄点儿水来。老林左右看看，如果没有小孩子也在看，就自己回家打水来。锔匠把水倒在锔好的碗或锅或缸里，试试它们渗不渗得出水来。

老林问过好几个锔匠同样的问题，您使的那白的是什么？锔匠都是回答，石灰。老林不信是石灰，又不好意思拿一点儿回家研究，所以每次都问。

老林自己的拿手活儿是在衣服上补补靪。裤子的膝盖处，袖子的肘处，磨白了，还没破，老林将补靪补在衣服里面，这样的补靪叫暗补靪，外面看不出来。等到布磨破了，老林就把暗补靪拆下来补到外面，用暗针缝，针脚看不出来。除了这些，老林还有挖补、接补和织补。

织补最为细致。布上很小的洞，不适合打补靪，于是就按纤维的方向边缝边把交叉的线编织起来，大部分是平织，老林会将线织成卡叽，没见过的人不会相信，听起来是有点儿过分。

老林另外的绝活儿是配补靪。窗帘坏了，老林把洞补上，挂起来看看，找个对称的地方补个假补靪，或者，只是把洞的边儿用线锁一下，在对称的地方再挖一个洞，也用线锁一下边儿，挂起来，看起来像是设计的产品。沙发的一边扶手破了，在另一边弄个假补釘，比没破还好看，雅。

老林没有上过辅仁大学的家政系，这些学问都是自己琢磨。老林好做这些活儿，可一点儿不女气，问起来，老林说，缝衣做饭照说是女人的活儿，可好裁缝好厨子都是男的，怎么会打个补釘就该像女的呢？

有一年街上打枪，邻居一个小伙子前襟上穿了一个洞，查暴徒查得紧，老林飞针走线，在洞上设计了个补釘。

小伙子仰在被垛上，说，别忙了，凭这个补釘就得把我逮了去，您瞧瞧，现在哪儿还有穿打补釘衣服的？这不明摆着告诉人家我挨了枪吗？

椅子

老周所在的单位是一个很大的机关。

大，首先因为是中央级的单位。再者，是因为机关有三千四百五十一人。

或者说，首先是因为单位有三千四百五十一人，再者，因为是中央级的机关。

数字是有魅力的。

四个厨房，大师傅二十七人，厨房勤杂八十人，都归总务处管。

总务处还管着司机班三十人，看自行车的七人，开水房五人，清洁工九十四人，医务室五人，总务处自己有十七人，随时掌握着三十个临时工。

秘书处管着七十个秘书，打字的，誊印的，布置各种会议的，传递各类文件的。

财务处比较单纯，十九个会计，二十三个出纳。

传达室更单纯，十一人。

保卫处最单纯，七个人。

单位的首脑部门，办公室，负责着十个副部长的一切。一切的意思是生前与死后，如果他们牺牲在位置上。当然，还有部长的一切。但是部长和副部长都会有升迁留降退，一切的意思就更丰富。尤其是实行离休制度以后，出现了一大批革命资历很久的处级的干部，而且，群众当中也涌现了一批革命资历很长的职工，也如传达室就有第二次国内革命战争时期参加革命的前辈，第一任部长是知道的，常常要打招呼的。

因此，一切的意思，在老周看来，就是天堂、人间和地狱。老周当然知道这个部不是上帝，上帝还在上面。

老周的位置是总务处物资科的副科长，负责这个中央级的单位的一万六千九百零七把椅子。以每个人的屁股下总要有一把椅子计算，应该有三千四百五十一把椅子才对。临时工虽然临时，但也有临时坐下来的时候，那么，另外的一万三千四百五十六把椅子呢？老周都是有账的，是清楚的。

老周一向认为每人只有一把椅子是典型的机械唯物主义，他记得马克思、恩格斯、列宁，直到毛主席，都批判过机械唯物论和机械唯物主义。机械，就是一对一，不可能，这是不可能的，部长会议室就有二十七把椅子，虽然有五把叫沙发，但编号是一个沙发一个牌。三个机关食堂就有三千五百一十一张凳子，大礼堂、招待所，没有椅子怎么听报告？没有椅子怎么招待部系统内出差来的同志？

老周也是要离休的，他的资历够得着限。老周当然不愿意离开这一万六千多把椅子。从五十年代的十三把椅子到八十年代的千军万马，这个政权是老周一手建立起来的。老周心里对上帝有些不满，尤其是，把知识分子正式拉进领导层以后，接替他的是一个还不到三十岁的人，理由是念过大学。

老周很久地翻着账目，让那个年轻人愣在一边打呵欠。

老周说，咱们单位有一万六千九百零七把椅子，可是，总共呢有六万四千一百一十七条腿，你要接我这个权，你说说，除了三条腿的椅子，有多少四条腿的椅子？

老周在没事的时候，慢慢用加法算过腿，交出权力的这口气，要靠椅子出了。

年轻人把手插进裤口袋，说，老周，您以为我稀罕管椅子？这样吧，我去跟部里说说，江山是您打下的，还归您看着，我也省得每礼拜招呼椅子股的几个人政治学习。

年轻人回身走了，到门口，挠挠头，说，四条腿的一万三千三百九十六把，鸡兔同笼。

觉悟

觉悟是老俞的释名。释，就是释迦牟尼，佛祖，所以，释名就是和尚尼姑的佛教的名字。也有叫法名的，可道士道姑也称法名，释道两家也有称法号的，因此，大觉寺的僧徒被勒令解散还俗后，蓄了头发的老俞常常要向好奇而暗暗来问的人解释，觉悟是自己的释名，免得附近的人认定他“文化大革命”前是道士。赤脚医生看不了的病症，贫下中农最爱寻做过道士的人，求个签，讨个符，掩在衣服里带回家去。

老俞因为家里穷，从小被送到庙里，挑水，砍柴，磨谷，浇菜，打扫内外。还有日课，就是打坐念经。打坐的时候，有一次睁了一下一只眼，被值日的师兄望到，劈脸就是一掌，喝道，看什么你看？这里哪样东西是你的你看？小俞把眼睛闭了，想，念了这么多日子的经，都不如这一句管用。

受戒的时候，有乱兵经过，住持都跑了，只剩下小俞一个人在庙里合十静坐。兵围起他来，骂，秃驴，你比你兵爹还不怕死？去，找值钱的东西来，省得你兵爹费事！小俞两只眼睛一只也没睁开，说，你娘生你的辰光，天塌地陷，也不能挪动，性命关天。兵一枪把子将没烧疤的小俞砸成个血葫芦。

住持避后回来，说，惭愧，这才见了佛祖。这样吧，大觉寺随便你怎么样。小俞说，我要学经。

小俞得了法名觉悟。觉悟每日读经。为了疑难，觉悟云游过。云游后觉悟回来大觉寺，每日在庙里绕着圈走。当年的师兄见了，问，每天这样走，有什么道理在里面？觉悟说，走惯了，一时停不下来。

觉悟读经读出名气来，北平、南京、上海常有杂志来信约文章，或有书局请为精印佛经撰序。觉悟写下的，常常只是某处某处也许错了，和他在某处某处曾经见过的不一样。

倏忽到了解放。人民政府让觉悟参加政府，为人民做些有益的事。觉悟奇怪了，说，读经是有益还是没有益呢？政府来的人和当地的干部吃酒，说，觉悟真没觉悟，还真让他当官管事？那我脑袋瓜子掖进裤腰带打天下不是白闹哄了？国有脸，树有皮，剃过头的还不识抬举了。

倏忽到了“文化大革命”。大觉寺被封了，贫下中农革命积极性很高，纷纷拆梁卸柱，运回家里备料盖房，大觉寺只剩下贴着封条的两扇山门。

觉悟由人民公社分配去劳动，锄草、割谷、挑粪、都是小时做过的事。觉悟看看几十年没有变样的锄、镰、扁担，在上面写了自己的释名：觉悟。

通知觉悟不能叫觉悟了，改回俗姓。老俞去登记户口，公社的人敲着婚姻状况一栏，说，争取重新做人吧，和尚配姑子，革命了嘛。老俞问，革命事业的业字怎么讲？公社的人把抽屉哐啷关上，骂，业你个秃驴！

老俞会写字，被派去在墙壁上写一个人高的标语。老俞写的第一条是：提高共产主义觉悟。公社的人逛过来看到了，说，叫你写革命委员会好，谁叫你先写这个了？老俞说，给我的单子上有，可是这条意思不对，觉，悟，觉悟了就是觉悟了，没有高低。

公社的人上上下下地看老俞，嘶嘶地说，你要是觉悟着你有理，你就小心着你自己脖子上你自己的脑袋。

小雀

小孙大学毕业之前，省里组织了社会主义教育工作队，到乡下去“四清”，清理阶级队伍，清理账目，等等等等。小孙派到个小队长，集中起来学习了一个月，脑袋满满的，轰轰烈烈地下去了。

乡下的阶级斗争，照文件上的说法，甚是严重。所以，工作队并不轰轰烈烈地进寨子，而是悄悄的，小孙想起电影里日本人进村，“打枪的不要”。

猪和鸡懂政策，悄悄的不响。狗不懂，狂吠，还扑过来。有人呵斥着出来，问询是哪里的客？进来喝茶吧？小孙看他穿得破烂，心里很激动，说，我们是看望你们贫下中农来的，你们受苦了，我们不喝茶了。

大家分别住下。小孙住在队长家。

小孙想，这个队长是不是个四不清的干部呢？从现象看本质，于是屋里屋外地看现象。看来看去看不懂，队长的猪是脏的，寨子里的猪都是脏的；队长的鸡是母鸡下蛋，寨子里的鸡都是母鸡下蛋；队长的鸡是公鸡打鸣，寨子里的鸡也是公鸡打鸣；队长的狗听队长的招呼，寨子里的狗都听自己主人的招呼。看不出来，等着吧，等开展了四清的调查，本质就会露出来的。

但是现象也没白看，小孙发现，寨子里家家都用笼子养着鸟。

笼子有枝条编的，有竹棍编的。鸟有各式各样的鸟，只有一个相同的本质，就是，都叫，叽叽喳喳，长长短短，高高低低。鸟笼挂在家里，或者檐下，或者附近的树下。队长的鸟笼，也是挂在家里，或者檐下，或者附近的树下。出工时，寨子里的人肩上扛着大致一样的农具，手里提着各样的鸟笼。去到山上，先把鸟笼在枝头高高低低地挂起，才开始前前后后地干活。歇息的时候，大家就看鸟，听鸟，评鸟，也有因为鸟而打起来的，也有因为鸟而知心的。树林里飞来与鸟笼里各式各样的鸟相同的各式各样的鸟。小孙很高兴，可是心里绷着阶级斗争的弦，望见鸟们如此轰轰烈烈地聚会，又觉得不祥。

果然不祥。上面传下指示，说这个乡的养鸟，是一种地主阶级的生活方式，请问旧社会，什么人才养鸟？贫下中农吃不饱，穿不暖，还会养鸟吗？当然不会。结论是，结论是很明白的。

小孙披着衣服召集了社员大会，主题明确，论证生动。小孙觉得，自己第一次的讲演居然这么好，将来运动的开展和深入以至胜利，会是好的，能将鸟和千百万颗人头落地讲出因果关系，还有什么办不到的呢？

小孙回到住处，队长说，这雀看来关着能杀人，放了吧。就把小门打开，雀跳来跳去，却不飞离。队长说，你还等什么呢？小雀终于还是飞走了，不见了。

上山干活时，没有人说话，只有人打呵欠。听到野鸟叫，有人抬头望，又看到小孙，低下头，小心干活。

日头落下去，乌鸦慌慌地飞过。收工了，小孙觉得浑身酸痛，惭愧劳动关还没有过。

小孙打了一些水，坐在檐下，慢慢地洗，想，要努力，取得贫下中农的信任，才能胜利地完成四清任务。我们的国家我们的党……忽然有鸟叫，小孙寻声望去，队长挂在树下的空笼子上头，队长的那只小雀跳来跳去。正禁不住要告诉队长，队长却返身回屋里了。

阴宅

老刘祖上是江西人，小刘祖上是湖北人，大韩祖上是河北人。

江西人，湖北人，河北人，五湖四海，走到一起来了，并非是老刘、小刘、大韩要走到一起来，而是祖上都是盗墓的，陆续叫官家拿获，发配到云南，大明律定的规矩。清律承明律。小刘说，老刘，论资格，你比我差着呢，你祖上是嘉庆年间叫官府拿了配到这里，我祖上可是大明嘉靖年间来的，都是嘉，可一个靖，一个庆，差了有两百多年。咱们都姓刘，你说，我是不是你祖宗？

老刘说，大韩呀，从我站的这地方下踩铲，错不了，听我的，照直往下掏。

大韩就往下掏。掏累了，老刘说，小狗日的，该你了，小刘就接着往下掏，骂骂咧咧的。

小刘掏累了，说，老狗日的，该你了。老刘说，掏下去要是掏不着货，下回就全是我卖力气。我这两手活，你慢慢学吧。学着了呢，是你的福气，学不着呢，叫你一辈子掏地窟窿掏不着大闺女的窟窿。

小刘接着掏，说，老狗日的，你别以为我掏不着大闺女。你奶奶的窟窿，我不稀罕的掏。

大韩说，歇歇，我来吧。

小刘把鞋里的土往外倒，还想接着骂，见老刘把脑袋贴在地上，就住嘴了。

老刘爬起来，说，快了。大韩再跺了六七下，通了，拉绳子把跺铲提上来。

三个人坐在地上等换气。老刘说，我看地望，拿五成，老规矩，下去的拿三成，不下去的两成。

小刘说，三一三十一，不行我就把窟窿填了。大韩不说话。

老刘咳嗽了，点点头，说，行吧，我拿三，下的拿四，谁下？

小刘站起来，说，我下。小刘把绳子捆在腰上，另一头大韩拉着。小刘看看窟窿，说，老兔崽子，你记着，最值钱的我随身带上来。

东西一件一件被提上来，老刘一件一件地摸索，说，你挡一下，我打个亮。

大韩蹲下来，老刘划着了火，看了看货，说，哼，够了，都能卖好价钱——你拿三呢还是拿四？声音比野地还荒凉安静。

大韩站起来，把绳子扔到窟窿里。小刘在窟窿底下叫起来。

老刘往窟窿里推土，土满了，老刘累得呼哧呼哧的，大韩不动手，也不说话。

老刘把东西收拾了，叫上大韩，连夜赶路，到了县车站。

车站后半夜只卖凉馒首，老刘买了，喝自己的酒，剩了些给大韩。老刘手伸进袄里挠痒痒，说，个小狗日的，见你嘉靖的姥姥去吧。这回行了，有个五六年不消碰阴宅了。

老刘看看大韩，说，年轻力壮的，别搁不住事。这样吧，卖了，咱们二一添做五。过几年，没有风声，我还找你，你不干其实这回也够了。

天大亮，等头班长途车的人发现老刘死在厕所里。

南方

何刚，生在北方，长在北方。北方对何刚来说，就是北方。

中国的所谓南方，所谓北方，小学地理课本上就有规定，秦岭淮河为界。何刚虽然没有去过南方，总是翻过画报，见过图片里的中国的南方，当然，有时会有些法国南方，意大利南方，美国南方，总之是南方的图片。

中国的南方，图片上是水牛耕田，水牛长胡子，后面的农民戴斗笠，斗笠好像是竹子编的。北方是黄牛犁地，黄牛不长胡子，后面的农民戴草帽，草帽是麦秸编的。

但这些好像都还不是南方与北方的区别，南方与北方的区别，在何刚想来，是水。可是北方也有水，河里，湖里。冬天呢，雪化了，到处是泥。

何刚后来有了些机会出差去南方，何刚就是这时开始想北方与南方的区别，本来何刚认为是雪，可南京也下雪，杭州也下雪，那么不是雪。

也不是雨，南方的雨与北方的雨都很大，很猛。不是雨，那么是热。重庆，武汉，南京，号称长江三大火炉，热起来毫无道理可讲。武汉人夏天夜里躺在竹床上，旁边摆一个水盆，将一节竹筒在水里浸一浸，搂在怀里，热了就再在水里浸一浸，竹筒叫做“竹夫人”。自己出差在外，哪里来“竹夫人”？只好用竹筷子的棱刮汗，烦得很。

但北方热起来也不善，三伏天，无处可躲，裤子叫汗贴了腿，脱了，更热，头脑想不清正经事，一肚子厌世的情绪。

冬天，何刚去上海，冷得人小了两圈，晚上更觉得小了三圈。如果小下去可以不冷，何刚宁愿小下去四圈、五圈，没有了也可以。打开水来喝，牙抖得在杯子边上敲单皮鼓，手刚焐热，水倒凉了。天冷走肾，厕所去了一趟又一趟。厕所呢，冷得都不臭了。

去旅店柜台上问，女服务员正用冻得胡萝卜一样的手点钞票，说，侬阿是香港来？哪能勿去住饭店？阿拉南方冬天没有火的，国家规定的。头都不抬一下。

何刚于是回到自己的房间，关上门，心里明白北方与南方的区别了，那就是冬天南方比北方冷。于是打开被子，钻进去，叨咕着，秦岭淮河为界，秦岭淮河为界……

唱片

赵衡生并不是爱好音乐的人，这个“音乐”指的是西洋音乐。赵衡生好听个戏。

戏对赵衡生来说，好像是与生俱来的。很小的时候，父亲就带他去听戏，他还记得锣鼓敲得震天响，后来一个老太太慢慢地唱，醒来的时候已经在自己家里了。

长大以后，赵衡生会唱不少戏文，都是随情绪的，比如夜里走胡同，就唱一段带豪气的，自哼过门儿。有什么得意事儿，赵衡生也会唱上两句，比划两下，有时干脆只念锣鼓点儿。

所以戏对赵衡生来说就是生活的一部分。赵衡生不大唱革命歌曲，唱起来也是戏味儿的，同事们笑话，后来也就不唱了。

“文化大革命”中的样板戏，赵衡生爱唱，《红灯记》、《沙家浜》、《智取威虎山》，都爱唱，《海港》、《杜鹃山》也爱唱。“文化大革命”后有的时候唱，同事们笑话，慢慢也就不唱了。

赵衡生的工作是开车，开货运卡车。卡车司机是不装货卸货的，装货卸货有人做。装货卸货的时候，他就找个舒服的地方坐下，打开半导体收音机，听戏。

一九六六年刚入秋，车队派赵衡生去运东西。赵衡生问运什么，队上说是唱片，他就去了。其实问不问都得去。

真的是唱片，整整运了一星期，都是抄家抄来的，从北京城里运到东郊一个大仓库。运到了，卸货的工人用铁锹从车上往仓库里铲，唱片很滑，不是件很容易的活儿。

赵衡生当然是坐到一边儿，打开收音机，听戏。不过赵衡生是有好奇心的人，戏听了一段儿，他就到仓库边儿上去张望，随手捡起一张看看，不料是一张梅兰芳的《贵妃醉酒》。《贵妃醉酒》赵衡生熟，于是就搁到驾驶座上去。一个仓库管理员过来，说，这是四旧你知道不知道？知道你还拿！扔回去！

从来没人对司机这么说过话。赵衡生想了想，忍了，把《贵妃醉酒》使劲儿扔回去。一路开回去的时候，恨恨地说，你不让老子拿？老子来的半道儿上就拿！你能怎么着？看你能怎么着！

扫车厢是司机的活儿。赵衡生扫车厢的时候，发现车帮上卡着一张唱片，抽出来看看，当中印的洋字码，不懂。不懂就不懂吧，也算一张唱片，找张纸包回家了。

赵衡生没有唱机，听不了这张唱片。可手上有这么张唱片，心里很痒，于是开始找唱机。

运抄家物品，找个唱机不是很难。找到了，把唱片放上去听，唱头在唱片上划来划去，不出声音。找人问了，原来自己手上的这张唱片是“三十三转”，要用“三十三转”的唱机才能听。于是又找。这么一折腾，赵衡生几乎成了唱机专家。

找好了唱机，插上电，摆上唱头，放好唱片，声音出来了。赵衡生从来没有听过这种音乐，好听，可惜唱片被铲坏了，有一段儿没一段儿的，但还是好听。后来因为常听，也就会哼出有一段儿没一段儿的音乐。

二十年后，一九八六年，有一天赵衡生听见车队一个新来的小伙子的录音机里放一个曲子，又熟又不熟，突然就明白原来就是早先那张唱片里的曲子，急忙问这是什么曲子。小伙子爱搭不理地说，德沃夏克的“新世界”，懂吗?

赵衡生跟着曲子，一路就哼下来了。小伙子愣了，以为赵衡生只会哼戏。

寻人

李双林命中缺木，取名双林，就是为补木的不足。双林是四个木，加上李字上的木，共是五个木。

李双林认为“木林森”这个名字挺好，共是六个木。不过若叫“林双森”的话，就是八个木了，可惜自己不姓林而姓李，活活地少了三个木。李双林为自己命中缺木这件事苦恼很久，后来去街道办事处改名叫“李兆森”。兆还有什么说的，个、十、百、千、万、十万、百万、千万、亿、兆，到头儿了，最多。

李兆森还是怕碰上个叫林兆森的人，虽然都是兆，但林还是比李多了一个木。不过李兆森很久没有碰上过叫林兆森的人，可疙瘩是一直在心里的。

一九六六年秋天，李兆森骑车在城里转，他忘了当时是要去什么地方，总之他瞥到街上的大字报中有一个标题是“打倒经济系统的反动学术权威林兆森”，林兆森三个字都打上了叉。

李兆森立刻跳下车来，近前去看这个叫林兆森的人是怎么回事。

大字报中或详或略地讲了林兆森的罪状。李兆森读着，有些心惊肉跳，有点儿幸灾乐祸，有点儿莫名其妙，有点儿不忍。大字报上没有说林兆森为什么叫林兆森。

李兆森回家的时候，想这林兆森必是命中缺木，才叫林兆森，和自己一样，也是个命中缺木的人啊，于是兴起了去瞧瞧他的念头。

李兆森第二天起来，去找大字报署名的那个单位。到了，进去了，转来转去，就是不敢问起林兆森这个人，怕被怀疑。后来想这林兆森既是被批判，一定在做粗活儿脏活儿，于是就到厕所去找。看见扫地的，远远地观察，看看会不会是林兆森。看见有人被打，就跑过去，听是打倒谁。

一天就这样过去了。

李兆森自己的单位也在搞无产阶级文化大革命，总是要参加的，疏忽不得，于是在单位里老老实实待了一天。不过李兆森倒是瞧见几个不是自己单位的人转来转去，看看大字报，看看揪人斗人，也去厕所。

李兆森不禁琢磨起这几个不是自己单位的人，后来跟住一个人，问他你是哪个单位的？到我们单位来干什么？那个人张了张嘴，没说什么，扭头走了。

李兆森第三天又到林兆森的单位去。到了门口，心里有些打鼓，想人家会不会怀疑上我呢？

犹犹豫豫的、小小心心的装作没事又装作有事，东瞧西看，盯着看，注意听，着急又不敢着急，最后是被人拦住了。

拦住他的人袖子上戴着红箍，造反派，问李兆森，你是哪儿的？干什么的？

李兆森张了张嘴：心里编排了一下，不料脱口说的却是：林兆森在哪儿？

戴红箍的人上下打量了李兆森，说你跟他什么关系？

李兆森心里很虚，严肃地说，我看了你们的大字报，想了解他还有什么罪行。

戴红箍的人说，他还有什么罪行？他早死了。我们批的几个家伙，都是他的学生，所以当然要批他们的先生。

纵火

吴顺德喜欢收集东西，例如邮票。吴顺德有一张清朝的大龙票。大龙票很值钱，但是吴顺德收的这张缺了一个小角儿，残张，不值钱了。

吴顺德喜欢收集东西，东西值不值钱，没有关系。闲暇时看看缺了一个小角儿的大龙票，是很高兴的一件事。

其实没有多少人见过真正的大龙票，只是在集邮杂志或集邮的书上见过大龙票的印刷品。吴顺德有一张真正的大龙票，虽然不值钱了，但是是真的，不少朋友是在老吴这里见到真的大龙票。因为不值钱，所以大家看起来也不紧张，你传过来，我传过去，开开玩笑，吓唬一下老吴。

老吴说，我不怕，我怕什么？不值钱就没人偷没人抢，留在我这儿是真的。

老吴还有很多不值钱的东西，例如火柴商标。老吴有一张猴虎牌的火柴商标，印的是一只猴子骑在一只老虎的背上。有朋友问，老吴你收这个干么？老吴说，猴虎牌儿的火柴不是安全火柴，随便在哪儿一擦就着，危险。猴儿骑在虎背上，下来就得叫虎吃了，危险，你说这牌子和这火柴配得多好！火车头牌儿的牙粉就不好，以后牙全没了，都叫火车头撞掉了嘛。

吴顺德住的地方不大，所以收不了什么大东西。吴顺德收的都是小东西。

一九六六年夏天，北京开始抄家，翻箱倒柜，打人，打得人嗷嗷叫，抄出来的东西摊一地一院子一街，市民围着看，议论。吴顺德拿个薄扇一边儿扇着，一边儿到处看，看看都抄出来些什么东西。

这一看不得了。

吴顺德回到家里坐下，手拄在腿上想，原来我收的这些东西，都是四旧。大龙票，封建王朝的官府凭据；猴虎商标，现在早就是安全火柴了，不安全火柴不是旧的是什么！老吴想来想去，想想自己还收了什么要命的东西。

吴顺德想起了一样儿东西，一张月份牌儿。这张月份牌儿印的是美人，细眉高额，紫色旗袍儿，直鼻子长肉眼，要命的是边儿上的图案里框着一小面青天白日旗。

为什么会有旗？好像当时是“新生活运动”？总之，有这面旗就有被抄的危险，被抄就有被打的可能。而且，以前朋友来看收藏，没放在心上，随便让人家看，多少人都知道我有这张月份牌儿！人看过了，就会记住。记住了，就有揭发的可能。揭发了，就一定会来抄，来抄，少不得打。

吴顺德一整夜都在找那张月份牌儿。东西常常是这样，你不要的时候，它老在你眼光晃，你要它了，就怎么也找不着了。现在这张月份牌就是这样，无论如何找不到。吴顺德坐下来镇静了好几次，他有这种经验，越急，越找不着。

街上的抄家彻夜进行，临时扯起来的电灯照得如同白昼，人声鼎沸，吆喝连天。

天快亮的时候，吴顺德的小屋儿起火了，火苗儿嗖嗖的，小屋不到半小时就烧塌了。

被子

张武常死于一九六七年冬天。冬天实际分两个部分，年初一部分，年底一部分，张武常死于一九六七年年底的冬天。

张武常经常觉得自己名“武常”不好，一是太像抗战时期日本军“武运长久”的简称，二是“武”这种事，“常”了不是好事。可是没有办法，父母给起的，不便更改。六六年毛主席在天安门城楼上说“要武嘛”，六七年又有“文攻武卫”的说法，这“武”倒也是个当令的字，所以也就没改。那两年很多人不改姓，却改了名，张武常是抗住了诱惑的。

一九六七年年底，先是张武常的儿子死于武斗。张武常很伤心，心里非常乱。儿子从小到大的样子，混乱中好像没有次序地抽纸牌，张张都是好牌，张张都是新的。

更让张武常伤心的，是儿子已经结婚了。媳妇和儿子是一个工厂一个车间的，六六年六月定婚，八月就乱了。六七年更乱，武斗，工厂里两派不相容。两口子参加同一派，趁热闹就结了婚，同派的战友来贺，闹得很邪气，当然也送了东西。例如洗脸盆，盆底印着毛主席的诗句“四海翻腾云水怒，五洲震荡风雷激”，倒进水去，还是很激发想象力的。茶缸子外面却印得有点怪，是毛主席的“敌疲我打”，不知道茶应该是怎样一个喝法。

儿子和媳妇是一块儿死的。他们这一派总共死了有三十多人。追悼会开得很隆重，会场上一幅很大的横标“血债要用血来还”，迎风翻滚，口号一浪高过一浪。张武常作为烈士的父亲，被请到台上讲话。张武常觉得自己讲得很不好，但是看到那么多人为自己的儿子媳妇神情激昂，很是感激，觉到了一些得意，觉到了安慰，而且血债要用血来还。

之后是抬尸游行，三十多具尸体，个个红布裹身，周围是手执武器的战友，开路的是毛主席画像和另外一条标语“誓死捍卫毛主席的革命路线”。路上还放了枪，很响，吓了张武常一大跳，张武常这才突然明白自己的儿子媳妇就是被这么响的枪打死的。

张武常回到儿子住的地方，收拾遗物。屋里没有火，阴冷阴冷的，脚脖子冻得没有了知觉。上街买了点儿吃的，没有心肠吃，想生个火，没有心肠生，就冻着坐在床上。儿子从小到大的样子，混乱中好像没有次序地一张张抽纸牌，张张都是好牌，张张都是新的，儿子死的这张，更是新的。

天很晚了，张武常也没有心肠开灯，想来想去，没有头绪。这两年一直都觉得还算有头绪，这时才没有头绪地觉得没有头绪。渐渐感到寒气透骨，可是还没有心肠起来生火。顺手拉开儿子两口子的被子，胡乱盖在身上，朦朦胧胧觉得儿子两口子真的是走了，这床，这被子。

一九六七年的冬天的这一夜，特别冷，冻得到处嘎嘎响。后半夜枪声响起来的时候，张武常没有惊醒。

张武常是几天之后才被人发现死在床上，脑门僵白，嘴微张，鼻子下有一块冰。

张武常盖在身上的被子，鲜红的被面上绣着梅花图案，靠近被头上，有夫妻小两口手绣的毛主席诗句："梅花欢喜漫天雪，冻死苍蝇未足奇。"

家具

王换三是王村人。他小的时候家境不是很好，有几亩地，没有牲口，春种秋收，靠的是家里人肩拉肩扛。收秋之后，换三的父亲做些小买卖，四处跑，积下点钱。年前回来，什么也不买，都交到换三母亲手里，父亲自己坐在炕上抽旱烟。

换三母亲在家里操持，养些鸡什么的，不吃蛋，让换三拿到集上卖了。卖了，钱都交到母亲手上，换三自己袖着两只手，在街上走走，和村里的人打打招呼。

过年前一个月，宰一头猪，也是拿到街上卖了。年怎么过呢？用自己种的豆子换些豆腐，留十几个鸡蛋，杀猪留了血和肠，还有肺，肺卖不出什么钱，自家的土豆子做些粉条，包些饺子，敬过了祖宗，一家人也吃得热气腾腾。

王换三最记得父亲的不说话，母亲的勤俭。年三十晚上母亲舒展了一张苦脸，还会捏起嗓子哼小曲。父亲抽着烟不说话，只有额顶是亮的。

王换三听母亲哼小曲，不知为什么就会立志，让父母老了的时候，过年吃一个肉丸的饺子。这个志胀得换三胸满满的。换三年轻，年轻人都是觉得日子无尽头，天大的抱负，拼命做就是了。

父亲母亲的意思是买地，农民的志气就是脚底下的地。王换三能娶上媳妇，也是丈人家看得起王家要买地。农民的信用，都在土地上。

媳妇过了门，帮着婆婆勤俭。王家的一股绳拧得紧紧的。难得的是王家的人不生病，王村的人都知道换三家迟早是要发的。

果然就发了。头几年还看不出来，等王家地里要请个短工的时候，王家已经有了二十几亩地了。

换三在庄稼上是把好手，地里，场上，入库。什么都瞒不了他。做王家的短工不容易，东家懂，占不到便宜，而且东家干起活儿来不要命。

后来又雇了长工，再后来家里都雇了人。到一九四八年土改的时候，王家划了地主成分，换三当家，是地主分子。

王家的地，房子，牲口，家具，都分给了村里的贫雇农。换三请人打的一套家具，桌子分到东家，凳子椅子床分到西家南家北家，柜子拿到村公所。

王换三自此再也没有看到过自家的家具成套的样子，能活下来已经不容易了。

不料三十年后，政策变了，村里又分了地。王换三也摘了地主帽子。父亲过世了，母亲还在，有两个孩子都大了，老婆还能操持家里。

王换三站在自家分的地头上，当年的志气没有了。晌午的时候，有两个外乡人经过，问换三村里有没有旧家具卖，换三不明白他们说的是什么。

换三回到村里，见场上聚了不少的人，就走过去望望。原来村里各家将旧家具都抬到场上，那两个外乡人在收买。

王换三突然见到当年自己的家具在场上重新聚成了套。三十年过去了，好像各奔东西的朋友再碰头，各是各的风霜。

外乡人说南洋的华侨喜欢这样的旧家具，古朴。你们用旧了的东西，看看，人家出国啦。

其他

故宫散韵

夏日傍晚宣武门城楼上或坐或立或走动着不多不少的人燕子们忽地从顶楼檐下离去，成千上万盘旋如烟霎时隐回斗拱迅速得好像城楼打个喷嚏。住在附近的人见到了摇蒲扇说：“燕飞低关公骑马披蓑衣”。

果然下雨城墙上的人都跑进城楼里，一对对互为高矮的情人穿正经短裤或干净衣裙呆立，人多不便说话各自看北京下雨。间或有一两只燕自檐下蹿出情人们总是女的一方发出惊叹废话你看你看燕子往雨里去。下棋的大叫劳驾给腾个亮儿嘿于是站在楼门口儿的往两边儿挪挪接着看雨，听身后棋子由人敲击。

东边下雨西边晴北京内城十个城门并非都在雨中。就连内城里的紫禁城又叫故宫，昔日天子宅院经常东华门下雨西华门只是有风走动，将街上的土裹起来散布潮腥。

六十年代故宫人气尚不是很躁，中午太和殿若有小童哭闹端门亦可听到。傍晚时藏在角落的喇叭一遍遍劝人离开好像唱片滑槽儿。暮色中有人敲锣那是最后警告，之后数十扇宫门顶粗木闩声音远近寂寥。

关门后三四个五六个昔日太监提油纸伞黑布伞入熙和门沿御河出协和门向东华门走，圆口布鞋蹭地声音在昔日天子宅院里一荡一荡逐渐没有。同时有女子们着泳衣自偏殿跑出尖声尖气笑，肥白大腿跨汉白玉栏杆屁股一扭跳进太和门前御河里游水搽香皂。之后湿淋淋跑回偏殿换好衣服也向东华门走歪头梳理头发晃荡，皮鞋跟儿跺地响在昔日天子宅院里一荡一荡如远处放枪。偏殿门边儿挂牌子上书诸如历代绘画历代书法历代文物历代阶级斗争总之历代展览字样，门关了，锁很亮。

出了东华门紫禁城筒子河腥味儿时有时无，邻河住家窗户敞开孩子们脱裤衩儿屋里跑两步直截将自己扔进河溅起高低水柱。城头箭垛子上乌鸦纵身一跃慢慢飞肉喉咙苍凉叫唤，有回音儿为城根儿吊晚嗓儿的人严肃示范。

城墙边儿马路上有女子学自行车，后边扶持的男人撒了手女子觉出来哎嗨唉嗨慢慢倒地。女子一拢头发喘着气说你别不言语就撒手把车摔坏了跟你没完。城墙下树林里有人吹号一个音儿没拔上去，重来。街灯忽然一亮原来天色已暗。

东华门大街上乘凉的人下班的人熙熙攘攘，于是街灯就显得暗淡而辉煌。街灯统一亮，王府井，东单，东四，西四，西单，建国门豁口儿，崇文门，前门，和平门豁口儿，宣武门，复兴门豁口儿，阜成门，西直门，新街口儿豁口儿，德胜门，鼓楼，安定门，东直门，十条豁口儿，朝阳门；外城也在统一之内，菜市口儿，花市儿，左安门，右安门，广安门，永定门，于是除了故宫北京就都是暗淡辉煌。

故宫在北京夜里是个大黑方块儿。景山上纳凉人俯视黑方块儿出神之时，总叫突然从眼前树丛里钻出的男女们吓一跳，情人在夜色中牵搂着走开遗下三种规格避孕套儿，第二天就有孩子惊喜捡起用嘴吹成透明长气球举在手上跑来跑去跑出公园跑回家里到处炫耀。

天黑了就不会越来越黑只有时间越来越晚。胡同里烧熏蚊子药六六粉味儿越来越淡。

藏在景山各处的喇叭开始一遍遍劝同志们回家开始净园。西边儿北海公园隐隐传来广播声也在净园。人们慢慢起身走动忽听到故宫那边有人叫喊，驻脚望去紫禁城城墙上下手电棒儿的光晃来晃去，星星点点好像萤火虫终于聚到一起。

北京人最爱热闹故宫出热闹了这可是溥仪出宫之后极难遇到。人民飞奔起来电车上的人都伸出头喊着问怎么了嘿？车下人一边儿跑一边儿热心回答不知道。

神武门馒头钉门扇开条缝儿，军人们捆个农民顺紫禁城城墙过来驱开围拢的人民进去了。郭沫若写的“故宫博物院”大石匾下人越聚越多语声嚣嚣。

看到的人给没看到的人义务解说抓到个小偷儿，故宫关门他猫起来一拿东西叫人发觉了——怎么着，偷国宝——那可不，西路住着有兵追得小子上了城墙两下里一堵没办法扛个包袱就往外跳，小子偷走一百来件闹好了能赶上八路无轨末班车终点站正好是北京火车站——好家伙，够鲁的——打开一看都是故宫职工食堂明儿早上的馒头估摸着这小子兜了三屉出来——大概是要饭的河南遭灾河北遭灾这几年自然灾害——这是哪位闲着没事儿造谣哪有个地方儿去了窝头管饱……听话音儿是便衣大家明白及时散开。

二十多年过去偶有人在原来是内城城墙后来拆了城墙修地铁如今是二环路只剩站名儿叫宣武门处聊故宫的玩笑。科学发展卤素灯下情人依偎如今避孕工具丰富了，可抗日期间重庆跑防空小报推荐之避孕法无师自通，就是高潮前请将贵阴茎及时抽出或高潮时务必捺住男性之会阴国难时期享敦伦之乐行此法可免日后警报期间女性有喜之烦恼。

画龙点睛

故事之一

从前有座庙，庙里有堵墙，白白的好像缺点什么。庙里的和尚于是请来画家张生在这堵墙上画些东西。

张生就画了四条龙。到庙里来的人都说这四条龙画得真好，可是，为什么不给四条龙画上眼睛呢？

原来庙里的人很小气，没有给张生画龙的钱，张生就不画完。可是人来庙里看龙，顺带着香火就旺，庙里的和尚想来想去，付给张生三条龙的钱。

张生拿笔到墙前面，给其中的一条龙画上眼睛。轰隆一声，有眼睛的龙飞走了。

张生说，既然你们只给三条龙的钱，没钱的龙只好到别处去了。

故事之二

从前有座庙，庙里有堵墙，白白的好像缺点什么。庙里的和尚于是请来画家张生在这堵墙上画些东西。

张生就画了四条龙。到庙里来的人都说这四条龙画得真好，可是，为什么不给四条龙画上眼睛呢？

张生说，龙有了眼睛就活了，活了的龙会飞走，龙飞走了墙就又白了。大家都不相信。

张生拿笔到墙前面，给其中的一条龙画上眼睛。轰隆一声，有眼睛的龙飞走了。

大家慌了，说，那就让留下的三条龙瞎着吧。

故事之三

从前有座庙，庙里有堵墙，白白的好像缺点什么。庙里的和尚于是请来画家张生在这堵墙上画些东西。

张生就画了四条龙。到庙里来的人都说这四条龙画得真好，可是，为什么不给四条龙画上眼睛呢？

张生说，龙最见不得人间的丑恶，要想留下这四条龙，就得让它们的眼睛瞎着。大家都认为张生胡说。

张生拿笔到墙前面，给其中的一条龙画上眼睛。有眼睛的龙四下看看，轰隆一声，飞走了。

大家高兴了，说，没眼睛就没眼睛吧。

故事之四

从前有座庙，庙里有堵墙，白白的好像缺点什么。庙里的和尚于是请来画家张生在这堵墙上画些东西。

张生就画了四条龙。到庙里来的人都说这四条龙画得真好，可是，为什么不给四条龙画上眼睛呢？

张生说，龙是道观里的东西，画了眼睛的龙一看这里是庙，就会飞走。大家都不相信。

张生拿笔到墙前面，给其中的一条龙画上眼睛。有眼睛的龙四下看看，轰隆一声，飞走了。

大家说，那就把这儿换成道观吧。

故事之五

从前有座庙，庙里有堵墙，白白的好像缺点什么。庙里的和尚于是请来画家张生在这堵墙上画些东西。

张生就画了四条龙。到庙里来的人都说这四条龙画得真好，可是，为什么不给四条龙画上眼睛呢？

张生叹了一口气，拿笔到墙前面，给四条龙画上眼睛。画完一条，轰隆一声，飞走一条。

会餐

音河往东流去。一入秋，水小了，河滩上的柳树棵子和一绺一绺的灌木秃立着，准备过冬。

太阳在西边儿地线上还残着半张红脸，凉气就漫开了。牛马们于是不肯再走半步，硬橛橛地立等着卸套，任凭扶犁杖的人往死里打。队长叹一口气，说："回了吧。"牲口知人语，立时就踏起四蹄来，套还没卸完就挣着要走。人们把晚上炕头凶老婆的话向牲口骂，牛马们可就又不懂了，撒开蹄子一直往屯子里跑去。只在书上认识牛的人绝想不到牛跑也如飞，脖子前的那片肉一掀一掀的，赛过马鬃潇洒。

人们把黑袄的下摆揪紧，胸口却敞着，拐着腿，抱着鞭，慢慢往屯子里走，十几张犁就遗在地头。太阳已经完全沉下去，凉气激人。东边儿地线上在升起大圆月亮，微微有些黄。队长回头望了，说："嗬，赛屁股！"大家笑起来，纷纷问："明天十五咋吃啊？"队长撒开袄襟儿，手在空中一抓，说："今年这个八月十五，旗里规定要好好办会餐，还要派人到各队视察，要评比。可他妈钱呢？我计算了，夏天来的几个知青，旗里拨了安家费，队上总算还有点儿现金。多打酒，吃了，冬天队上若有钱，好歹补上。这话是咱们说的，可不能传到旗里去。”大家都说：“那是，那是。”一个人说，有钱不如给队里置点子挽具什么的，于是大家都骂他憨，说明天就不许他喝酒。那人哈哈一笑，说倒好，留个清醒的脑子睡老婆。大家就又笑他，说话间到了屯子里。

狗们在昏暗中箭一样蹿出来，又箭一样蹿回去，汪汪叫着。孩子们跑出来，手里捏一点儿饽饽。大人们也不说什么，凭他们的小脏手抓着后裤裆，往屋里钻进去。

队长路过知青的土房，进了灶间，一掀布帘，到了西屋。男知青们正东倒西歪地在炕上，见了队长，也不大动。队长说：“累了，累了，洋学生咋受过这罪。可既来了，不受咋整？说给你们，明天，八月十五，晚上，队里会餐，凡劳动力都有一号，你们都算。早起呢，把你们这炕的被卧挪开，用你们的炕，用你们的灶。会写字画画儿的明天把队部整置整置，闹得漂漂亮亮的，旗里有人下来视察。晚上有酒，有肉，有豆腐，有土豆子，有面饼，撒开肚子吃。女学生们呢？”就起身过到东屋，东屋立时就尖声尖气叫成一片。

早上四点多，窗外就有了响动。有人搬来柴火，又吱吱嘎嘎挑来水，在灶间支起木架。知青们睡不成，就都起身，挪开被卧出来，见了木架，问是干什么的。师傅们说，做豆腐。知青们新奇了，东一句西一句打听起来。师傅们自然很得意，指指划划地说，并邀请知青们浆好了的时候来喝。

天亮了，猪圈叫成一片。两只猪被攒蹄扛来了，放倒在草地上。杀猪师傅用膝骨压在猪身上，猪就乱蹬，用一辈子的力气叫着。师傅火了，左手一拧猪耳朵，猪叫就又高上一个八度，右手执刀从项下往胸腔斜里一攮，伤口抖着，血连着沫出来，并不接，只让它流在地上。女知青们掩了眼，杀猪师傅高兴地把刀晃一晃，叫："你们往后嫁了老公，可不兴这么乱叫乱动！"女知青拾土圪垯丢他，他躲，就势立起身。队长来了，见血流在地下，急急地问："咋不接？"杀猪师傅说："这早晚儿了也不说肝儿咋个处置，我就不管了。"队长瞪了眼，说："肝儿照例不都是给你？你把这血糟蹋了，肝儿也不能给你了！"杀猪师傅把刀一扔，说："这猪我也不杀了，往年是往年，今年把斗私批修的话来告诉我，谁知道？"队长拾了刀，说："还真应了那话：'死了张屠夫，吃不了混毛猪？'"就去杀另外一口猪。那猪不例外也是死挣，就把队长的手碰破。杀猪师傅见不好，急忙抢过刀自己杀，把血也接了。队长胡乱包了手，吩咐说："肝儿你拿一副吧，那一副炒了给老人们下酒。"杀猪师傅就在猪脚处割开口，用铁条通上去，再吹进气，用线缚了，使棒把气周身打匀，鼓鼓的在热水里刮毛，又把肉卸开，肠头、肚头弄干净，分盆装了。肉拿进灶间，放在西灶上煮。

东灶上熬着豆浆。熟了，豆腐师傅叫来知青，一人尝了一碗，都说鲜。大家一边帮他，一边看那豆腐怎么做。原来队长昨晚早派了工磨了一夜豆子。滤了渣的浆煮了三锅，都点了卤，凝了，大瓢舀起来到进粗布里，粗布就吊在木架上。有人来把渣和滤下来的汁水拿去喂猪。水滤得差不多了，四人提了粗布放在一扇大门板上系好，上面压了磨盘，豆腐师傅就去洗手。知青问："好了？"师傅说:"等着吃吧。"几个知青仍围了看，不肯相信可以做出豆腐。

日近中午，太阳还是有些辣，地气蒸上来，师傅们赤了膊，都是一身精白的肉，只是脖脸和手是红黑的，倒像化了装的人。地里的人下午不再出工，纷纷来看，品评着膘肉，吹乎着酒量，打下赌，就手将几个土豆子丢进灶灰里，走时扒出来，在手上掂着吃。鸡、小猪和狗从早上就转来转去。得吃的是狗和鸡，猪因是队上的，总被打跑。可是顽固的也是猪，去了又来，最后把地上的血连土啃下去。孩子们被家里人吓唬着，只是远远地看，不肯散去。有的人捏一块肉在嘴里，并不嚼，慢慢走开，孩子跟了去，到远处，才吐给孩子。

净肉煮出来，分盛在桶里。净肉加了豆腐，在一起煮好，分盛在桶里。豆腐单加一些葱再煮，又分盛在桶里。肉汤煮了土豆子，还是分盛在桶里。几十只桶被人提到队部，出来的人嘴都动着。门口有人把守，拦住闲杂人等。之后是烙饼，再就是汤。酒早已有人买来，摆在桌子中央。

天还没黑，人们已经聚在队部外面。劳动力们都很兴奋。平日在地里，天地太大，显不出什么，只能默默地做。今日有酒有肉，无异于赛会，都决心有个样子。各人手里拿着自家的碗筷，互相敲着，老人们就不高兴，说像叫花子。

终于队长第一个进门了，大家稳住气跟在他身后。到了屋里，队长先让了屯里几个极有声望的老者和旗里的视察干部坐一个小桌，其他自便。墙上用红纸写了语录，贴了四张，又画了工农兵各持武器。大家都说好，都说历年没有手画的画儿，知青年来了，到底不一样。

照例是旗里的干部先讲话。庄稼人不识字，所以都仔细听，倒也知道了遥远的大事。干部讲完了，大家鼓掌，老人们笑着邀干部坐回去。于是队长讲。队长先用伤了的手捏一本儿语录，祝福了。大家于是跟着祝福。队长说，秋耕已胜利完成，今天就请旗里来的同志给旗里带去喜报。大家要注意增产节约，要想着世上还有三分之二受苦人过不上我们的日子。这会餐，大家要感谢着，不然怎么会有？虽然——可是——吃吧。

于是提桶上来，啪啪地打瓶盖儿。队长给老人们斟酒，老人门颤着手拦，还是满了。队长先端起碗来，又祝福了，敬了，再敬了老人们，一气喝下，大家叫一声好，都端了碗，只喝一口，急忙伸筷。第一巡菜几乎没有嚼就渐见桶底，于是第二巡又上。到第三巡，方才慢下来，说话多起来，而且声儿大起来。

窗户上爬满了孩子们，不动眼珠儿地盯着看，女人们在后面拽不动，骂骂咧咧地走开，聚在门外唠嗑。

屋里的人们已在开始吃饼。喝酒的人们把饼掖好，开始斗鸡一样地划拳，红了眼。女知青们受不住，邀在一起出来。

汤没有人动，于是提出去，一勺一勺舀在孩子们的小手里，孩子们急急地往嘴里泼，母亲们过来指点着他们喝，叱责着。

老人们先出来了。没有了长辈，屋里大乱，开始赌起四大碗。知青们出来一个人，与一个壮汉比。于是各喝四大碗，站起，走出来，大家也一拥出来。

空地上早拴好了两匹马。两个赌了酒的人各解一匹。知青先上了，别人一鞭，马便箭一样出去，一下将那知青遗在地下躺着，众人都喝彩。壮汉拽着缰绳，却踏不上镫。马转起来，壮汉就随它转。终于踏着，一翻身上去，用缰绳一抽，马箭一样出去，众人又都喝彩。

女人和孩子们早已涌入屋里，并不吃，只是兜起衣襟收，桌子上地下，竟一点儿不剩，只留下水迹。于是女人们和孩子们又都出来，与男人们一起等壮汉回来。

不多时，马回来了，却不见壮汉在上面。一个女人叫起来，往野地里寻找，孩子跟着，被母亲叱住，让兜了两人的菜，先回家去。

月亮照得一地青白。有人叹了，大家都仰起头看那月亮。那月亮竟被众人看得摇摇晃晃，模糊起来。

节日

一

眼看麦子就要熟了，却不知道大人们从哪里有了枪。

小龙第一次看见真枪。以往镇里有的，是火药枪，要将黑黑的火药倒进枪筒。枪药不能受潮。受潮了，就不能发火。因此要炒。铁锅，用炭焙热了，放到凉的地上，把受潮的枪药倒在锅里，稳稳地拌，有湿气冒。不冒了，倒出来，就可以了。文化革命前，小荣的爸爸有一次炒枪药，焙干了，别人喊他，他偏头看，药就炸了。小荣的爸爸从此半边脸黑着，一只眼睛像兔眼，一只耳朵像木耳。

小孩子从此不许看炒枪药。鸡可以，围着锅转来转去。

小孩子不许跟着上山看打猎，怕被没有击中要害的野兽冲着。平镇的大人很爱护小孩子，有个三长两短，哭难过，就都晚了。能想到的，应该先想到。

小孩子可以看枪毙人。平镇离着县城近，镇前有一大片河滩。县里判了死刑的犯人，用大卡车拉来，摊到河滩上，验身，跪倒，低头，等待口令。孩子们把耳朵捂上，还是能听到很响的枪声。犯人卧在地上，血流出来。有时候死人还能慢慢地翻身，穿白衣的人走过去，弄弄，死人就不动了。小龙很想知道是怎么弄的，但是有人把岗，不能过去。

有一次快喊口令了，突然一个犯人站起来就跑。开枪的兵打惯了不动的目标，又总是近放，所以犯人跑，枪竟不响。后面围观的人都喔地叫起来。枪响了，没打中。再响，还打不中。七八条枪纷纷打，犯人已经跑远了。河滩上的人都笑癫了，没跑的犯人也笑。喊口令的人带两个兵去追，抓回来，忍着笑，枪毙了。这件事后来被传得各种各样，小龙只记得那个人跌跌撞撞地跑，因为河滩上尽是大的圆石头。

所以小龙不是第一次看见真枪，是第一次很近地看见真枪。趁爸爸不注意，摸一下，凉的。

二

试枪的时候，小龙的爸爸要找个目标。小龙的妈妈说，朝天放吧，看打着人。小龙的爸爸说，枪就是打人的。

小荣的爸爸来找小龙的爸爸，说，奶奶的，这回可使着真家伙了，红革造那帮家伙还闹腾个屁。

小龙的爸爸在裤子上磨着子弹头，说，听说，他们也有枪了。

小荣的爸爸说，差得远，五支队向着咱们，胡师长，就是挺胖的那个，四二年就是八路，跟上头通着气呢。

小龙的爸爸把子弹头往脸上按了按，说，听说，他们也有和上边通气的人。

小荣的爸爸火了，歪着头，说，你还是红造总的人吗？

小龙的妈妈扶着门框说，拿着枪就别吵了，拿着枪吵什么。

两个大人提着枪往外走，左右手换着把袖子挽起来。小龙跟着往外走。

小龙的妈妈叫，你给我回来！

两个大人吓了一跳，站住，回头看。小龙的妈妈过去扯住小龙，说，杀人你还没瞧够哇！

两个大人笑了，走出去。

红革造是县里最先起的造反组织。只三天，大家醒悟过来，于是组织纷立。平镇离县城近，被后起的红造总想到，来发展了组织，又被红革造也来发展了组织。平镇往年的大小纠葛，于是有了斗争的实力。因为都标明忠于毛主席，所以对立激烈，终于，有了枪。

平镇的小孩子不许看炒枪药，不许上山看打猎，现在，不许找对立组织的大人的小孩子玩耍。但是，红革造控制平镇的时候，红革造的大人的小孩子可以到街上看游行，看游街，看用棍子、链子打被游街的红造总的大人。

红造总控制平镇的时候，红造总的大人的小孩子可以到街上看游行，看游街，看用棍子、链子打被游街的红革造的大人。

三

小龙于是觉得没有意思，瞧瞧鸡，看看鸟。望望天，希望听见枪响。很久很久，还没有响。

小龙慢慢移到院子的门口，站着。之后，跨出门，站着。之后，靠在门框上，手伸到衣服里，挠挠背，挠挠肚皮，突然一闪，蹿到街上，并没有听到妈妈喊，就放心地沿着墙根在没人的街上走。

街上没有什么变化。只是照常的新标语贴在旧标语上，照常的鸡在啄纸边的浆糊。小龙跺着脚跑了几步，鸡静静蹿开，歪着头看小龙。小龙恨鸡没有叫，就站在墙边，不让鸡过来。鸡呢，头一抻一抻地踱到街对面，伸开一只翅膀一条腿，探个懒腰，擞擞羽毛，拉了一摊屎，开始用嘴啄磨胸和背。

小龙用手扮作枪，指着鸡，突然，远远地传来枪响。鸡浑然地沉浸在啄磨中。小龙很兴奋，大喊，小荣，小荣，我爸打真枪呢！

小荣一下就从隔壁的门里蹿出来，小荣的妈妈的喊声追着，你个小王八羔子，你死给你妈瞧吧， 你个小兔崽子，你那个疯爹，早晚是挨枪的，你跑吧，你个小王八蛋的……

小龙和小荣拼命地跑，街上有了生气。

四

镇口立着一棵大槐树。夏天，树上垂下许多蚕一样的虫子，树叶叫它们吃得零零碎碎。槐树旁有打铁的棚，里面有垒起的灶。打铁的时候，灶里的炭被风箱鼓得一明一暗。小孩子最爱看锤子打在烧红的铁上时，绽开的火星，直到打铁的师傅把锤立放在地上，谁也不看，说，息一程子。灶上有火，却从来不烧水，自有小孩子飞奔回家提水再奔回来。铁匠喝了谁的水，谁就得意，再打铁时，就觉得有权利凑近看，反而被铁匠呵叱。

小荣跑到棚里，蹲到灶上喘气。小龙也爬到灶上喘气。棚里很久没有打铁了，闻着一大股酸味。

小荣说，我妈和我爹干了一仗，我爹干了我妈一巴掌。

小龙说，你爹和我爹一起打枪去了，你听见我爹开枪了吗？

小荣说，那是我爹开的！

小龙说，我爹开完了才是你爹开呢！

小荣说，你放屁！

小龙说，你放屁！

忽然背后有人说，你们玩儿哪？

小龙和小荣回头看，是小芹。小龙和小荣不说话了，小芹爸爸是红革造的。

小芹的家就在棚后面。小芹靠在门边，弯起一条腿，用手掸鞋子，又跺了几下。小龙不说枪的事，小荣也不说，两个人望着大路从镇里伸出去。

小芹说，我妈给我做新鞋了。

小龙偏头看看，说，新鞋有什么新鲜的。

小芹说，明天过节了。

小龙一愣，说，过什么节？

小芹说，儿童节啊。

小荣说，学都不上了，就没有儿童节了。上学才过儿童节了。老师说，过节了，就过节了，每年都是。

小芹说，嗳，张老师的腿到现在都没接上，我妈说接不上，就是瘸子了。

小龙说，张光头？县里来的老师打的，打张光头的时候你们见着了吗？

小荣说，见着了。

小龙说，我也见着了。比我爹打我还打得结实。

小芹说，过节你们干什么呀？

小荣说，我们？一愣，向镇外一指，说，我们，我们到大渠玩儿，是不是小龙？

小龙高兴地说，嗯！过节就得有活动，光穿新鞋算什么。

小龙和小荣从灶上跳下来，互相搂着往回走。

小芹说，带我玩儿吗？

小龙停下来，哼哼着不说话。

小芹说，带我玩儿吧。我不跟我爹我妈说。

小龙说，行。

小芹说，也带小良他们玩儿吧。

小荣说，行。可是得听我们指挥。明天晚上吧，别叫大人知道喽。

五

吃晚饭的时候，小龙的爸爸说，得动真的了，红革造想霸了伏麦的水。我们说了，水是我们的，没商量。

小龙的妈妈说，往年说是说，也吓唬，这有了枪，你今年就别去了吧？

小龙的爸爸不说话，吃了一口菜，嚼得嘎嘣嘎嘣的。

小龙说，妈，明天过节了。

小龙的妈妈说，过什么节？

小龙说，儿童节呀，小芹今天都穿新鞋了。

小龙说了小芹就后悔了。小龙的爸爸妈妈都喔了一声。小龙的妈妈说，可不是嘛，那冬天过年的罩褂你明天穿一天吧。

六

平镇的小孩子们悄悄地出到河滩上，只有鸡和狗知道。小龙说，大人们还是看得见。小芹说，你们昨天不是说到大渠玩儿吗？大家就都猫着腰穿过麦地向大渠跑。

傍晚的大渠，东坡顶还有太阳，红黄红黄的，西坡凉下来了，草都有了精神。沟底有水，哗啦哗啦的。小孩子们嚷着，沟外却听不见，小孩子们于是就尖叫，顺着坡斜着跑。虫子飞起来，燕子蹿过来蹿过去。

月亮在水里渐渐小了，天黑下来。三四颗大星星亮亮的不动，动的是火萤子。

小芹说，我的电筒子丢了。

小荣说，你还有电筒子？

小芹说，你们不是说打夜仗吗？我就把电筒子拿来了。丢了可就坏了，我爹我妈就知道了。

大家都很兴奋，摸来摸去地找。小良找到了，大家围过去。

小龙说，怎么使？

小芹说，这么一推，就亮。这么一拉，就不亮了。

小龙说，我看看。拿过来，一推，一道光柱冲出来。小龙哟了一声，让光柱射向天空，虫子在光柱里变成一道道白。

枪声响了。

七

小孩子们吓了一跳，都蹲下来。子弹啾啾的飞过去，细细的光线亮亮地从东拉过西边。好一会儿，停下来了。

小龙说，咱们在沟底，打不着咱们。信不信?

小芹哭了，说，回家吧。

小龙说，再试一回。一推，天上又是来来回回的亮线。

小荣说，像打铁!

小良说，像过年放炮仗!

小孩子们高兴了，站起来，小龙再推。

小龙感到有个东西咚地落在坡上，弹起来，他回头看。他看见阳光炸开，而且，声音很大。

电筒子高高地飞起来，落在水里，还亮着。很小的鱼在浑浑的红光里一下一下啄那块圆玻璃。

炊烟

老张得了一个闺女。老张说，挺好，就是大了别长得像我，那可嫁不出去了。因此，女儿名美丽，自然姓张。

老张的大学同学都说，叫个美丽，没什么不好，就是俗了点。老张你也是读过书的人，怎么不能想个雅点儿的呢？

老张说，俗有什么不好？实惠。这年头儿你还想怎么着？结结实实的吧。

老张的同学说，结实？那叫矿石好了，叫火成岩，水成岩也行。咱们这行就是学了个结实。

老张在大学读的地质。

老张疼闺女。

老张抽烟。老张的老婆说，你要想要孩子，就把烟忌了，书上说，大人抽烟，会影响胎儿的基因。老张正抽到一半儿，马上扔掉，用脚碾灭，戒了。美丽生出来了，老张买了一包烟。老张的老婆说，你叫美丽从小肺就是黑的吗？老张凄凄的样子。老张的老婆说，你抽吧，别在美丽旁边儿抽。

美丽是冬天生的。春天了，老张的老婆抱着美丽出来晒太阳。起风了，老张说，还不回去，看吹着。老张的老婆说，不晒太阳，美丽吃的钙根本就吸收不了。老张说，那就屋里窗户边儿上晒嘛。老张的老婆说，紫外线透不过玻璃，人体吸收钙，靠的就是个紫外线，隔着玻璃，还不是白晒。老张说，那就等风停了。

老张瞧着老婆给美丽喂奶。老张的老婆书也念得不少，瞧老张老盯着，说，还没瞧够呀，又不是没瞧过。老张说，谁瞧你了，我是怕美丽吃不饱。俩人都笑了，美丽换过一口气，也笑了。

秋天了，美丽大了点儿，手会指东西，指妈妈，指爸爸，还会抓耳朵，抓妈妈的头发，抓爸爸的鼻子。

有一天，老张的老婆抱着美丽，老张在旁挤眉弄眼，逗得美丽嘎嘎乐，两只小手奓着。老张的老婆把美丽凑到老张的脸前，美丽的手就伸进爸爸的嘴里。

说时迟，那时快，老张抬手就是一掌，把母女两个打了个趔趄。老张在地质队，天天握探锤打石头，手上总有百来斤的力气。老张的老婆没有提防，就跌倒了。到底是母亲，着地的关头，一扭身仰着将美丽抓在胸口。

美丽大哭。老张的老婆脑后淌出血来，从来没有骂过人的人，骂人了，老张的老婆骂老张。

老张呆了，浑身哆嗦着，喘不出气来，汗从头上淌进领子里。

老张进了医院，两天一夜，才说出话来——

六〇年，闹饥荒，饿死人，全国都闹，除了云南。那年，我毕业实习，进山找矿。

后来，我迷路了。有指南针，没用。我饿，我饿呀。慌，心慌，一慌就急。本来还会想，这下完了。一直就吃不够，体力差，肝里的糖说耗完就耗完。后来就出汗，后来汗也不出了。什么也不敢想，用脑子最消耗热量了。躺着。胃里冒酸水儿，杀得牙软。

后来，从肚子开始发热，脚心，脖子，指头尖儿，越来越烫。安徒生不是写过个卖火柴的小女孩吗？这个丹麦的老东西，他写得对。人饿死前，就是发热，热过了，就是死。

我没死。死了怎么还能跟你结婚？怎么还能有美丽？

我醒的时候，好半天才看得清东西。我瞧见远处有烟。当时，我只有一个念头，烧饭才会有烟。爬吧。

就别说怎么才爬到了吧。到了，是个人家。我趴在门口说，救个命吧，给口吃的吧。没人应。对，可能我的声音太小。我进去了。

灶头前靠着个人，瘦得牙龇着，眼睛亮得吓人。我说，给口吃的。那人半天才摇摇头。我说，你就是我爷爷，祖宗，给口吃的吧。那人还是摇头。我说，你是说没有吗？那你这灶上烧的什么？喝口热水也行啊。那人眼泪就流下来了。

我不管了，伸手就把锅盖揭了。水气散了，我看见了，锅里煮着个小孩儿的手。

傻子

北京的傻子不多，多还成个什么世界？可也不少，少怎么会差不多各处都有那么一两个？

我在北京搬过五次家。每回收拾停当，洗洗手，就到街门口站那么一会儿，看看。看什么呢？不知道。既到了一个新地方，总要看看。看什么不要紧，住在了这条街这条胡同，用眼睛和它们打打招呼。

自然街上有人来往，男的女的，老的少的。其实哪儿也是男女老少，于是就用眼睛挑着看。直到看见一个人身上脏得不正常，眼神儿不对头，走起来像——像什么呢？什么也不像，就像他自己，心里踏实了：这个地方也有傻子。

见的傻子多了，心里就给他们分了等儿。不是傻的程度，而是身上干净的程度。有的傻子，四季一身儿衣裳，脏得赛铁，皮肉也见不着原色。我第二次搬去的地方，住到第三年，忽然发现来了一个新傻子。仔细一看，不是，还是原来那个，只是不知谁给他洗了一个澡，那皮肤鲜嫩得赛桃。第二等的傻子是有四季衣服，但脏是第一等的。第三等是不太脏，有四季衣服，但是旧。第四等是衣服皮肉与常人一样，只剩下一个傻。

这四个等级的傻子走在街上，实在是有傻子的家的四等旗帜。家长里短不必说，那常有双方的原因，是两个变量。而对傻子，就只有了家人这个变量，傻子是个常量，因此站在街上解傻子的家人这道题就容易了，那答案就是傻子的等级。

夫妻恩爱，终于生下一个孩子来，欢喜不尽，老人们也乐乐呵呵，觉得日子不那么寂寞。可万一生下来是个傻子，就不大妙。父母家人纵然百般抚爱，可傻儿愣愣磕磕，咿咿呀呀，不甚知觉，大人们终究不是滋味儿。也许就生出百般嫌隙，诸种不和，终于是傻儿倒霉。傻儿又不懂得倒霉，于是那些不能自持的人就愈发过分，最后挂出去一面一等劣旗，告谕街坊四邻。

我第五次的搬家，是在一条不小的街上。几天了，却还没有发现一个傻子，心里就有些不舒服。自己想想也好笑，大约成癖了。于是上班就和对面的老李说起来。老李听了，笑一笑，用手抚一抚稀了的头发，说：“你太认真。各家有各家的事儿，哪儿就什么道德不道德的？”我知道老李有一个极漂亮的女儿小雯儿，常来单位走动，于是不再说什么。

临到下班，老李慢慢地对我说：“怎么样？上我那儿喝点儿去？”我到这个单位几年，很敬重老李，单位的人也都认为老李厚道，没有人前人后的事。我敬重老李，是他写得一手好颜体，很像他的人，轮廓线略略向外弓，敦敦实实。北京新开张了许多小铺子，有讲究的，就请老李给写个匾额。老李都是尽心写好，乐呵呵地自己送去。店家自然是请老李吃饭，于是老李就常邀我一同去，一是因我略有一点量，二是我也好字，聊得开。

老李有些量，喝到酣时，便额顶渗出光来，红红的细眼愈加和善。高兴了，就蘸着酒在桌面上写字讲给我听。我喜欢写字，但大名家请教不到，只是买一些帖来慢慢地临，并且细细地看那帖前前后后的说明。老李常不以为然，说："最误人的就是这些说明。字，就是一个写。你瞧着这字好，照着写上半年，一天别落。什么时候自己看着像了，就默写。默写像了，就破格儿。天分，就全在这破格儿上。若破不了格儿，只要写着像，也就行了。一到老李喝了酒，他便说些更让你觉得又对又不对的字经。比如，我评他哪次的匾额写得如何如何，他先注意听。听完了，用手抚一抚顶，笑一笑，细细地呷一口酒，说："是啊。其实这个字，就像人。不是说字如其人的那个像，而是体面。人都要体面，字就是人的一面旗。这旗要漂亮、体面。骨力？写出骨力自然高。可一个匾，三教九流，人来人往，谁看骨力呢？其实就是看个顺眼。这街上的人，你看他什么？妇女们，看她一身儿衣裳顺不顺。一个人骨架再好，衣裳七长八短，终是不顺眼。骨架好，可穿个鸡腿裤，刀螂似的在街上走，变成字，能上匾吗？写字就是写衣。”我觉得有点酒上头，弄不清楚老李的道理，就说：“照您说，各体的字，就是衣裳不同了？”老李微微一笑：“可不？就像衣裳有长袍马褂，有西服革履，有中山装，有工作服。”我说：“那这字不就媚俗了？不就是为骗骗眼睛？我就不信罗锅能穿出衣裳样儿来。骨力不在，衣裳白搭。”老李说：“那你说我的字架子怎么样呢？”我说：“当然好。”老李说：“可我写到这份儿上，写的是衣，不是架。说字如其人，那人歪，字就不能正。可严嵩的字怎么说呢？蔡京的字怎么说呢？”我说：“做人有做人的准则，写字有写字的规矩。人写字，按的是写字的规矩，倒不能说是写怎么做人。”老李说：“所以写字是写体面。”我发现一喝酒论字，就被老李绕了。再要辩时，老李是宽厚之人，自然不与我争。

现在，老李请我去他家里喝酒，这倒是第一次，我很有兴趣，下了班，就骑车随他一起走。迎着太阳骑了半天，终于到了。老李的家在临街的一个院子里。院子不特别大，住户不少。正是做饭的时候，院当中的水管子下几个妇女在洗洗弄弄，见了老李，都熟熟地打着招呼。老李看她们手上弄什么，就问焖饭哪？吃蒜苗？一路往院子里走。院儿里各屋又进进出出一些大人小孩，见了老李，前前后后招呼，老李就“回来了、回来了”地应着，进到北屋。

老李的北屋是这个院子里最体面的房。虽然院子里高高低低盖了一些砖棚，北屋还是维持着昔日四合院儿上房的体面，干干净净，没有丝毫的累赘。见惯了北京的院子里的拥挤与杂乱，你会以为老李的北屋是国家保护着的一级文物，心里忽然地敬重与舒服起来，觉得假如自己能有这样体面的房子，就是人口再挤，也是舍不得再续盖个什么矮棚。

听见老李的说话声儿，老李的爱人早到了屋门口迎着，给老李向外推开门，向我笑着。老李说："有客。"老李的爱人就更笑着向我说："来啦？"我赶忙站住，半躬不躬地动一动上身，也笑着说："啊，您，好哇？"老李的爱人说："快进来吧！好，好。"

屋里更是素雅。墙有些黄，但绝没有灰尘。大方砖墁地，暗暗的衬着屋里沉静。一张大漆有些残的条案上有两个胆瓶，彩绘着群仙祝寿，麒麟送子，清末的格式。胆瓶里插一个奇大的鸡毛掸子，油亮蓬松，还插着几个字轴。条案中央一架玻璃罩的座钟，罗马数字标一圈儿钟点。座钟旁边大概是一架小电视机，套着古铜色的灯芯绒罩。条案两边有一大一小的两个沙发。大沙发上悬一轴字，字漂亮潇洒。我看了看老李，老李笑一笑。老李的爱人打来水，拧了一把手巾，老李先让我擦，推让了一下，温温的拿过来擦了脸，谢着递给老李的爱人。老李的爱人在屋里走动着，既不夺钟，不夺胆瓶，也不夺字，但与这些东西是平级的，显得那么稳实、安静，似乎是颜体的贤慧二字，透着体面。老李和她一句一句地商量着，我才听出原来今天是相姑爷。

老李的爱人张罗去了。老李安安稳稳地坐下来，抚一抚顶，说："今天小雯儿的朋友来。我拉着你，为的是帮着看看。我们的眼光老了，看不大出现今的年轻人，不要挑了一个人，街坊四邻的看着那个。"我有点紧张，怕万一看不出，误了李家的大事。每天面对面坐着，老李还有几年才退休，搞砸了怎么处？

说话间，天暗下来，老李开了灯，一圈儿的亮，更显得屋里干净。不多时，小雯儿来了，后面跟着一个小伙子。小雯儿一见我，说："哟！您来啦？"老李和他爱人的四只眼睛不松不紧地看着那个小伙子，我不敢怠慢，应了小雯儿，也急忙去看小伙子。小雯儿介绍说："这是严行，我们那儿的同事。"我们三个人一齐笑出来点头。严行很客气，被老李的爱人让到小沙发上坐着，一边应酬着，一边四面看。小雯儿沏来了茶，端给严行一盅。严行笑一笑接了，说："客气什么？"趁这工夫儿，老李两口子上上下下地看两个人。

老李的爱人站起来说："洗洗手，吃饭吧？"小雯儿一拍巴掌："好！今儿吃什么，妈？"老李的爱人笑着说："端上来就知道了。"大家摆好桌子，老李拉我在他旁边儿坐下。小雯儿和严行坐在一起，急着忙着就给严行夹菜。老李说："小严，来，喝一点儿。"严行很客气地静静看老李给我和他斟上酒。老李自己也斟了，把杯端起来。

我看看老李的爱人还不来，就转身找，见她拿着一碗盖了几样菜的饭进来，就招呼她说：“您来呀？”老李的爱人笑着摇摇头，说：“你们喝吧。”一掀墙上的一个大布帘，拨了一声销子，推一扇门进去了，布帘晃了晃又遮在那里，我回头对老李说：“你们家还这么大规矩？女人不上席？叫你爱人一块来呀！”老李很和善地瞧瞧我，略举举杯，说：“喝。”大家都呷了一口。

菜很多，而且好，在灯光底下红红绿绿的让人觉得酒的滋味很大。我却忽然觉得让老李的爱人一个人在里屋吃，实在不过意，就站起来要去请。老李一把按住我：“坐下，坐下，她一会儿就完。”我有点儿不舒服，看看小雯儿，刚要说，严行忽然问：“这幅字是谁写的？”小雯儿在我站起来的一刹那，把头低下去，这时抬起头来，很高兴地说：“我爸。”严行红了一下儿脸，说：“写得真好。”老李笑眯眯地呷了一口酒，嘴唇亮亮地说：“唉，写了不少年了。”小雯儿说：“咱们单位旁边的那个饭馆儿，招牌就是我爸写的。”严行“哟”了一声，看看老李，老李抬抬筷子，说：“吃，吃。”小雯儿高高兴兴地又说出几处地方的匾额也是她爸写的。严行愈发敬重地看着老李。老李用杯子朝我比了比，说：“让咱们这位给评评。”我半开玩笑地说：“穿衣服的理论我可不会评。”小雯儿摇晃着两只手说：“我评，我评，我会评我爸的字。”严行说：“你会评什么？给我留个条儿，都认不得你的字。”小雯儿委屈地把筷子头儿衔在嘴里，扭一下儿身子说：“人家那是草书，你懂个屁！”严行说：“那赶明儿我等错了地方儿，你可别怨我。”大家轰地笑起来。

我忽然觉得背后门一响，急忙回头，只见老李的爱人一团喜气，拿着碗筷从里屋出来，看见我们笑，说：“什么事儿？看高兴的！”我说：“您再来喝点儿！”老李的爱人说：“就来，就来！”

老李的爱人出去放了碗筷，进来走到灯影里，看看菜，说：“快吃呀。做得不好吧？”我和严行忙说：“好，好！”老李的爱人坐下了，我给她斟酒，她用手推拦着，说：“喝不了，行了，行了！”之后，在灯光下抬起脸，笑眯眯地看着小雯儿和严行。我觉得酒暖烘烘地在身子里漫开，就往后靠在椅背儿上，说：“老李，你这日子，这样的住房条件，老伴儿这么贤慧，你写得一手好字，小雯儿也快了，真是——”

就在这时，里屋的门响了一下，我分明看到老李的爱人哆嗦了一下，眼睛凄凄地看着老李。老李的细眼里闪过一道光，额角儿腾腾地跳了两下。我回过身儿去，只见门帘掀开一些，一张脸向灯下的人们望着。不用再多看，我明白了，这是一个傻子。

我听见旁边儿老李低而快地说：“怎么不插门？”我

回过身来，见老李的爱人慌乱地看着大家。老李顿了一下酒杯，她才醒悟过来，站起身走过去。小雯儿的脸在灯下白得不成样子，愣着眼儿看着严行。严行没有表情，静静地注视着老李的爱人走过去处置傻子。

小雯儿忽然涌出泪水，很快地站起来，也进到里屋。老李笑得很勉强，说："喝，喝！"严行没有动。我端起酒杯，觉得杯里是水，吸了一口，辣极了。

猛听得里屋老李的爱人大声地说："小雯儿！这是你兄弟！"

老李控制着声儿说："小雯儿呀！"

小雯儿眼睛红红地出来，慢慢坐下。严行看着她，问："怎么了？"小雯儿说："都是他！"严行说："怎么都是他？"小雯儿不说话。

我问老李："你还有个儿子？"老李垂下眼睛，轻轻地叹了一口气。我到单位几年，从来没有听说老李还有个儿子。小雯儿每回到单位来，叽叽喳喳的，大家都喜欢她。老李很高兴，笑眯眯地看小雯儿在办公室里转来转去。

小雯儿这时恨恨地擦一下眼睛，说："我妈真是的，老忘插这个门，爸跟她说多少回了，就是记不住。没人来，到正屋转转倒没什么。上回，都到院儿里去了，要不是我回来，他就上街了，像什么话！"

我说："他多大了？"小雯儿看一眼里屋门："哼！都二十六了！"

又看看老李，老李正看自己那幅字，身架塌下来。严行说："喝，伯父，喝。"老李回过身儿来，脸上暗暗的，夹了一筷子菜，放到嘴里慢慢嚼着，咽了，又呷一口酒，额上跳了一下儿，脸忽然松下来，说："反正是早晚的事儿，跟他妈自己过不去干吗？"搓一搓手，招呼着："喝，喝。"又站起来，进到里屋，半天，和爱人出来。老李的爱人眼睛红红的，走到灯影儿里，又笑着说："吃呀。"我说："您快吃吧，看忙了这半天了。"

小雯儿每样菜又都给严行夹了一些，严行不看她。小雯儿定定地看着严行，忽然低下头去。老李的爱人有点儿不自在，举着筷子，不知再给严行夹什么好。老李却一脸宽松，不看别人，只与我讲字经。我觉得这话题太冷落别人，又不能不应付着，忽然开个玩笑说："老李，你字写到这份儿上，来个晚年变法，怎么样？"老李停住正在自斟的瓶子，笑出声儿来："好哇！我正琢磨着呢，只怕——"严行忽然说："我赶明儿跟您学字吧。"老李两口子一下子高兴起来。老李给严行斟上酒，额头又渗出光来，把筷子做笔竖捏着，在空中虚绕绕，说："这写字，第一要骨力。人看字，看什么呢？就是看个骨力。你要学字，学颜体。颜体不易取巧，非要心宽心正，不能写好。先找多宝塔、东方画赞临着。写好了，再看看鲁公的麻姑、告身，得了气体，再看与夫人帖、鹿脯、争座位、放生池，漂亮，正，不俗不媚。再看裴将军，绝！字如其——”老李忽然发觉我在笑，就酒遮脸，对我说：“不对？”我连忙点头。

酒喝罢了，吃饭、吃菜。老李的爱人又端来一盆汤，热气升起来，裹了灯泡，一个屋子显得暖洋洋的，大家说说笑笑。

吃罢了饭，又喝了茶，看看晚了，我站起来告辞，严行也说回去了，于是老李两口子和小雯儿送出来。老李两口子一迭声儿地让严行常来，小雯儿不说话。严行答应着，刚要走，忽然站住，说：“小雯儿，不送送我吗？”小雯儿一下儿跳下台阶儿，可着嗓子叫了一声儿：“哎——”老李呵呵笑着，用手抚一抚顶，和爱人在门口站了许久。

卧铺

我长到快三十岁，火车倒是很坐过一些回，却没有睡过卧铺。十八岁时，去云南插队。十年之间，来来回回都坐硬座，三天四夜下来，常常是腿肿着挪下车。因为钱要自己出，就舍不得破费去买那一个躺。

后来我调回北京，分到一个常与各省有联系的大单位。一年多之后，终于被很信任地派去南方出差，自然要坐火车，既然可以报销，便买了卧铺。

心跳着进了卧铺车厢。嗬，像现代化养鸡场，一格一格的，三层到顶。我是中铺，寻着后，蹬了鞋，一纵身，躺下了。铺短，腿屈着。爬起来，头冲里，脚又出去一块。我觉着闹清楚了，就下去找鞋。一只鞋又叫过往的人蹚了。蹦跶着找齐两只鞋穿上，坐在下铺。

下铺是一个兵，头剃得挺高，脖子和脸一般粗，冲我笑笑，问："你到哪儿？""你"说成"嫩"，河南人。对面下铺一位老者听说我去南方，就说："南方还暖和，北边儿眼瞅着冷啦。您瞧这位同志，都用上大衣了。"河南兵一笑，说："部队上发了绒衣裤儿，俺回家探亲，先领了大衣，神气神气。”

开车铃声响了。待了一会儿，又慢慢来了一个挺年轻的姑娘。

那姑娘拉平了声儿说：“谁的？别放在人家这里行不行？”我把提包放在我对面的中铺上了，于是赶紧提下来，说：“对不起，忘了忘了。”姑娘借着窗玻璃，理了一下头发，脱掉半高跟儿鞋，上了中铺，打开书包，取出一本儿书，立刻就看进去了。我远远望那纸面，字条儿窄窄的，怕是诗。河南兵坐得很直，手捏成拳头放在膝上，脸红红地对我说：“学文化哩！”

我点起一支烟。烟慢慢浮上去，散开。姑娘用手挺快地在脸前挥了挥，眉头皱起来，侧身儿向里，仍旧看书。河南兵对我说：“你不抽烟不中？”我学着他的音儿：“中。”把烟熄了。

车开了。那老者把包放在枕头里边，拉了毯子在身上睡下。河南兵仍旧坐得很直，我正想说什么，就听车厢过道口闹起来。河南兵伸出头去，说：“敢是俺的战友儿看俺来？”就站起来。我随他过去，见几个兵正跟乘务员在吵，看见河南兵，就一起说：“那不？就是他，俺们还骗你来？”乘务员说：“不能到卧铺乱串。要来，一个一个地来。”那些兵就服从了。一个很敦实的兵走过来，说：“俺先来，五分钟一换。”

他们这一吵，惊动了卧铺车厢的人，上上下下伸出头来，睁着眼问："怎么了？"那个结实兵一边走一边挥着手，说："没啥，没啥。俺们到俺们战友儿这儿来看看卧铺是个啥样子。"大家笑起来，上上下下又都缩回去。

回到铺位，我问："就买了一张卧铺？给报销？"河南兵红了脸。结实兵粗声大气地说："俺这位战友儿的娘才有意思来！住在铁路边儿，坐过几回火车儿，就是不知道卧铺是个啥样子，来信问他当了兵可是能坐卧铺儿？俺这位战友儿这回回家，硬是借了钱买了一张卧铺票儿坐，回去给娘学说。俺们讲好沾个光，也来望望，回去也给俺们家里人学说，显得俺们见过世面哩。"说到这里，中铺的姑娘扭动了一下，仍旧看书。河南兵赶忙说："你小声儿说话不中？这卧铺里的人净是学文化的，看惊动了。"结实兵这才发觉中铺躺着一个姑娘，笑着打了河南兵一拳："你小子坐卧铺儿不说，还守着个姑娘睡觉，看美的你！二天俺也买卧铺受受。"姑娘使劲动了一下。河南兵臊红了脸，说："俺正捉摸着不好睡哩。你不敢乱说！"结实兵很高兴地回去了。其他的兵一个一个地来，都很仔细地瞧那个姑娘的背影，倒不像是看卧铺来的。

参观完了，河南兵显得挺累，叹一口气，从挎包里摸出一个果子，递给我说："你吃。"我急忙也拿出一个果子说："我有。"推让了一会儿，互相拿了对方的果子。我拿出一把云南的澜沧刀削起皮来。河南兵把果子用手抹了抹，一口下去，脸上鼓起一大块，呜呜地嚼着说："你这刀中，杀得人。”我吓了一跳，说：“人杀不得，这是猎刀。”河南兵接过去，摸着刀面上的长圆槽，说：“这不是血槽儿？扎到身子里，放血，出气，好拔出来。”我要过来，指着槽前边儿的一个小梅花蕊子：“这是放毒药的地方，捅了野兽，立时三刻就完。”河南兵又取过去，仔细看了，摇摇头：“钢火比不得俺们部队上的。”我问：“你有？”河南兵笑着不答话。

有闲没盐地聊了半天，都说睡觉吧。河南兵扯出军大衣，问我：“你盖？”我说：“铺上有毯子。”

上了中铺，我看那边的姑娘已不再读书，蜷起身子睡着，瞄了瞄老者，正是香甜的时候。我头冲窗子躺下，感到十分舒服，觉着车顶上的灯好堂皇呢！

这一夜，却睡得不踏实。车一到换轨处，吱吱嘎嘎，摇摇晃晃。拐弯儿的时候，身子要从铺上滑下来，竟惊出一身凉汗，差点叫出声儿来。后半夜，裹紧了毯子，真有点冷。朦朦胧胧，一觉到天明。

一清早，正迷迷糊糊享受着卧铺，忽然被一声喊叫吓了一跳：“这是谁的呀？这么大味儿！”我连忙扭头去看。只见那个姑娘半撑着身子，用拇指和食指拈起一件大衣的布领子，往外拽着。

车厢的人闻声过来好几个，睁着眼看那姑娘。姑娘说：“多脏的东西，扔在我身上，你们闻闻！”那老者躺在下铺，立屈着腿，不动弹，却说：“姑娘家说话好听点儿！半夜看你冷，替你盖了，怎么就脏了你？总比冻着强吧？”河南兵从底下冒出来，后脖子也是红的，说：“醒啦？大衣是俺的哩。”看热闹的人都笑起来，散回去。

我下到下铺，穿上鞋，河南兵也不看我，只是用手叠他的士兵大衣。放在枕头上，又抻，又抹。我笑着说：“你的大衣有什么味儿？”河南兵也不回头，说：“咋会来？许是他们借穿照相？那么一小会儿，不会串上味儿来！”

我抬头看了看姑娘，姑娘低了头，僵坐在中铺。女子早上没有梳洗大约是最难看的时候。

老者不说话，只用手轻轻拍着膝盖，噘起下嘴唇儿。

我待不自在，就拿了洗漱用具到水池去。回来一看，三个人还在那里。老者见我回来了，问：“人还多吗？”我说：“差不多了。”

我问河南兵：“你不洗洗？”河南兵这才抬起头来：“俺不洗了，俺快到了。”我说：“擦一把吧，到了家，总不能灰着脸。”河南兵笑着说：“到了家，痛痛快快用热水洗，娘高兴哩。”我说：“也不能叫老婆看个累赘相呀。”河南后说：“哪儿来老婆？还不知相得中相不中哩！”我说：“当了兵，还不是有姑娘相跟着？”河南兵说：“咋说哩！俺借钱坐卧铺儿，东西买少了，怕是人家不愿意哩！”老者笑着说：“将来当了军官，怕啥？”河南兵看了看姑娘：“军官得有文化哩。”

姑娘正慢慢下来，歪着腰提上鞋，拿了手巾口缸去了。半天回来，低头坐在下铺，不再看书。老者问她到哪儿，她借答话，看了一眼河南兵，又低下头去。河南兵掏出果子让大家吃。我把到手的一个转给姑娘。姑娘接了，却放在手里并不吃。我问河南兵："你的刀呢？"河南兵以为是说昨天的事，就说："武器离了部队就收，不方便哩。"老者扭脸对姑娘说："洗洗吃吧，不脏。"姑娘更埋了头，我赶忙把我的刀递过去。姑娘接了，拿在手里慢慢地削。削好，又切成几瓣儿，抬起头，朝大家笑一笑，慢慢地小口儿小口儿吃起来。

树桩

街的东首一有阳光，便会长出矮矮的一截树桩。赶街的年轻人们并不奇怪在意，说笑着过去。山中来的男女掮了多半人高的短柴，麻带缚住头顶，不便巡视，也怏怏地过去。那树桩冒出一股烟子，有老人见了，背着手立下，哑哑地问一声："可吃了饭了？"树桩点点头，虚虚笑一笑，以问作答，再不言语，慢慢看人赶路。

树桩无姓，亦无名，人只唤大爹，年轻时认不得，只知现时是如此。树桩多少年纪？认不得，只听街中老幼皆呼大爹，爹爹相加，又爹爹相减，算不清辈分，只认得老。老，笑是慢慢地笑，烟是慢慢地吃，手慢慢举起来，慢慢抹一把脸，几乎透明的枯肉又慢慢复位。大城市的人偶然路过这个街子，由西往东，看看瞧瞧，摸摸问问，兴味无穷；正欲折返，就看见大爹，心中一颤，胸口不舒服小半日；倘由东逛进来，就一条街显得沉沉的，虽赞古风犹存，终觉黯然，叹一两口气离去。大爹竟如一段无字残碑，让人读这条街子。

街子极老极旧，铺面虽宽，进身却窄，仅容一个扁扁的货架，摆一些“金沙江”、“红缨”，间或有锡纸的“春城”，并不常见吃烟的人买，锡纸上于是有一层灰。也有铺子卖些针线百货，鲜鲜的更显着门板旧。这街面据说宋时就如此，不敢信，又不由不信。沿街两排黑黑的瓦顶，缝中长一丛一丛的兰草。兰花开时，一街都是王者香气。城市来的人又叹了，如何自家“文窗清供”的陶盆里，总也养不出这种兴旺？街又极狭，挑担子的人横着换肩，扁担便捣着两面的铺板。街中有细石条条相联，两旁又有尺宽的浅沟，一条街的污水便顺着流出去，有雨时清，无雨时浊。山寨里的汉子们掮了柴、猎物、药材来街上卖了，钱烧手，就钻进极小的酒店里买酒吃。吃来吃去，便醉了，于是滚在尺宽的沟里醒酒，之后又吃，摸摸钱没得了，才一身泥水，趺趺地赶路回去。

这街子其实是在重重大山之下，滇人称为坝子的谷地中。滇中凡大地方，例如昆明、大理、楚雄，无非是所在之处平地广阔，却仍然是万山之中的坝子。这条街所在的坝子实在小，站在街首，便可见到四面的高山，有如在城市的小巷子里看近旁的高楼。但既是平地，就是川流汇聚之地，就是小小的经济文化中心。经济，无非是柴米土产，些微百货。文化，却一言难尽。

相传三国时诸葛亮入滇擒孟获，率军路过这条街子，时正深夜，人困马乏。孔明于昏暗之中瞥见一扇门上贴有字纸，心中奇怪，下车看了，不想却是一副对联。上联是

“君子豹变小人革面”，下联是“小人用壮君子用罔”，还有横批：“惠心勿问”。孔明心下一惊，想这蛮夷之地，如何有这等异人？此联直取易经革卦与大壮卦，一凶一吉，说的却是制人之道，且与心中制夷之策正合，欲寻户主请教，见四面都是高山，恐中了计，直向前走了。待事后派人寻访，联也不见，人亦不见。传说到底是传说，却不无根据。这条街子上每逢旧历新年，对联中常有异词，懂得的人说，用典用词都极古。问那户主，常常不知道，只说是老辈如此写，后世传摹，无非讨个吉利。还有对联用碗底盖上墨印，说是取“人口平安，肥猪满圈”的意思，倒也风趣可爱。

街上只有小学一所，出来的学生，常常就考上县里中学，更有考上省里大学，之后他乡用武，十年八载不回来。若有本街的人在外出了什么功绩，天知道怎么就会传回来，一街人都知道，说与过路人，过路人若迟疑，便会落个孤陋寡闻的名声，街子上的人照样得意。

然而这条街子上最得意的是出有名的对歌手。滇中多山，常常人走比肩，却拉不起手来，原来当中隔一道深谷。若要汇在一起，非绕半日不能。人在山中走闷了，遇见人自然欢喜，于是要聊。无奈扯起嗓子对嚷，一是不能持久，二是近乎争嘴，少趣味。于是就唱，有腔有调，话也说了，乏也解了。又有男女隔谷碰见，少不了戏谑调情，那意指在城里人听来过于猥亵，可词却是风趣巧妙，令人忍俊不禁。好在话不妨说得放一些，手却乱动不成。嬉笑过后，各自转过山去谁也见不着谁。曾有个汉子，没有唱赢一个女子，被那女子一路走一路唱她的得意，竟使方圆百里都知道这汉子输了，再也没得女子肯嫁他。汉子没有办法，失了精神，整日咦咦喂喂地疯唱，后来失足跌残。那女子知道了，自觉过分，就来嫁了这残夫，竟日对唱。据说无数好歌，从此流传开来。现代又有一个写电影插曲的人，来搜集了去，竟一个中国唱遍。

这个街子虽小，以往每年三月却有一次盛会。各乡歌手都来聚在四面山上，你唱了我唱，我唱了他唱，最后赢出一个高手。高手极为荣耀，各寨请去，围了柴火唱，通宵达旦，如醉如痴。日后高手在山里走动，没有不认识的，没有办不成的事，风流勾当自不必说。

这街子的男女老幼，若不会歌，就被耻为残疾，如哑子般，不得乐趣，处世也难。

只可惜这歌子忽然断了，成为“四旧”，代之以全国唱什么，街子里唱什么。小学里学生上音乐课，街上人听了，都叹息太淡太直，如何就能成歌？那教音乐的先生，竟被认为是街中第一没本事的人。日子一天天过去，这个街子竟失了自己的歌。偶有人不自禁，唱一两句，觉省到了，张嘴僵在那里，看看没人，才慌慌地舔一舔嘴。

街子哑了歌声，山里却还有。山里野唱一阵，哪个认得？认得了，就是赶去，又如何找得着人？有负责的人在会上斥责了，百姓在下装聋作哑，倒像是听什么天外之事，不了了之。

赛歌会不再有，自然高手空了如许年。

不料忽然传来消息：昆明有人又唱了，而且成千上万人在一起唱，还要对，很是热闹。歌子的解禁之令并无明文行下来，但其他诸事慢慢都许做，百姓自然明白，这歌子也可以唱了。

街子里闹闹地说了半月，就到了旧时赛歌的这一天。街子决心复得往日的殊荣，自然操办了一下。一传十，十传百，天知道竟百里之内无人不晓，近万数赶了来，坐满四面山上，哄哄的像起雷。县上专区都来了干部，在街口置了几张桌，放一排缸子，摆一溜坐头，真正一个大会。

先由街上出人唱了，一曲刚了，对面山中人就起了对，漫声过来，万颗人头立刻又都摆过去。街上人不服气，又作出对，歌声才落，对方又逼过来。人头摆来摆去，渐渐热闹起来。

唱着唱着，却发现有些奇妙，原来尽是四十多岁的人起歌对歌，年轻人只听只笑只嚷只拍掌，却不会唱；有略会的，自知词不多不妙，不敢起对，怕在万人前失了面子。专区来的一个老文化干部就叹了，说自己三四十年前在此赶这个会，曾听到一个男子极是会唱，敌了无数歌手，对了半个月，赢到高手。再打听名字时，百姓眼里就喷出火来，嚷：“你！李二都认不得？”老干部叹说不知这李二如今可在。这时有一个街上陪着的干部迟疑起来，白着眼想想，说：“莫不是大爹吧？”

话一传出，果然得到证实：大爹就是姓李行二。年轻人都呆了，想不到树桩竟如此风流过，悔自己平日不常与大爹招呼，这时就急急地帮着寻大爹。

大爹其实就在山上人里，括住耳朵听对歌，烟子一筒接一筒地吃，慢慢地笑。有那眼尖的，领了人挤上山去，请大爹。远远只见数十人围了一个老爹，周围山上的人以为出了坏人，都可惜这赛会不容易，歌声也就停下来。等到消息传过来，说是找到一个当年的高手叫李二，万人不由轰动起来。有那上了岁数的婆婆们，竟哀哀地哭着，挤下山去，说是要会当年的汉子，问问他可还记得自己某年某月某日与某女子对过歌？那说词可又还认得？

年轻人说话无轻重，自然又笑话这些婆婆们老不要脸。不料大爹都认得，一个个叙话。原来婆婆们当年也都是有名有姓的歌手呢。干部们忙把坐头让出来，请老人们坐了。一个人站出去向四面唱说了此事，上下远近的鼓掌，将一群过路的鸟惊散开，却又找不到落脚之地，慌慌地飞过山去。

四下里自然要请大爹唱，大爹笑了，笑纹不再收回去，慢慢地说：“有对才好。”回身请了一个婆婆。那婆婆竟面若桃花，轻盈盈地出来，擦一把泪，请大爹起。

大爹合了眼，发一个长音，万人立刻静下来，天似乎也退远了。大爹久不运嗓，粗粗嘎嘎，情韵风趣却在：

你是山上的枇杷树
我去坡首挖了来
将你做成个土琵琶
一天到晚抱在怀

四面山上早轰出一片彩来。看那婆婆，女子到底不一样，也是一个长音，尚存清亮，四面先就喝彩，婆婆早有了对：

我是山上的枇杷树
根根须须石首埋
莫说做哪样琵琶梦
挖个石卵怀中抬

四面山上又轰出一个好来。年轻人都呆了，想不到老人们当年这样风流！人老了，调情依旧，更显老歌一股风韵，醇厚幽默，当下就有人记住会了。

大爹不在意输赢，又与其他几个人对了几首。婆婆们脸上泛光，万人面前，荣耀至极。随婆婆们来的儿孙们，也被人围着，像是什么都知道，指手画脚，得意非凡。

有街中人拿来酒，敬了老人们。大爹吃了几口。绷出筋来，却待要再唱，忽然口不能张，涎水流下来，往后便倒。大家慌了去扶，才知道大爹失了风，急忙往街里抬，还未到家，就死在半路。

自此，这街子，这山里，又唱起了自己的歌子。李二的名字，被年轻人记在心里，见了外地来人，便说李二。人人都觉得，大爹替这街子、这山里立了一个碑。

周转

余阴市，人口百万余，数箭方围，算得西南省份中准重镇。日夜吃喝，便有不可入口的东西弃之如山；又兴各式生产，便有不能成材的脚料聚之如山；另，海内外新式消费，多多少少渗入进来，人们惊喜之余，又添斑驳垃圾。如此，余阴市日积垃圾多达百吨。

余阴多山，山皆为石。石难生树，草亦稀少。余阴便如处裸体穷汉之中，尴尬日久。所幸余阴于万端纷绪中，独清除垃圾最力，务使穷而不脏。

更所幸，距余阴三十里处，有一奇异景观：万山之中，数山围出一个石桶所在，深达百丈，阔有十里。穷山无水，更兼喀斯特地质，蓄不成水库，却如海滨深港，可泊万吨垃圾。

于是这里便日日有垃圾运来。

天还未亮，余阴市街上便发一阵巨响，几十辆翻斗卡车顺序出发，浩浩荡荡。自从市里运垃圾的车换成这种进口的矿山型翻斗车，许多市民便不用再拨自家的闹钟定点起床。车队撼天动地地驰过，轮底带起杂物，市民们也起身了。有刷牙洗脸的，有抖擞精神去练拳的，有提篮置办饮食的，余阴市如人初醒时的揉脸搔痒，慢慢活动起来。儿童们不愿起，被大人们呵斥为懒虫，终于爬起，便有三五小儿咿咿呀呀唱道：

大卡车，真漂亮
震得我家屋梁响
跑到城外倒垃圾
换回钱买新衣裳

卡车们逢弯拐弯，遇坡爬坡，高低左右，档换了无数，油门松了又紧，方向盘作风车使，沿途鸡飞狗跳。山民们在车灯影里闪到路旁，被尘土裹了十数分钟，咳嗽几下，又上路去赶早集。

车近山口，天已大亮。雾气浮动，正是要升不升的时候，卡车们慢慢轰着油门，终于沿山边排成一行，将屁股朝了大坑。天地间忽然静了下来。

一道金光，拽起一轮太阳。那太阳恰在一个山口之间，于是霎时又有无数金光，穿透晨雾，纷纷射到卡车们这一边来。卡车上的橘黄漆如点燃一般，耀得人眼花。卡车们通体一热，又发一声巨响，几十个翻斗缓缓翘起，终于到了四十五度，山中的鸟儿有预感，呀的一声，飞起数百只，烟一般升到半空。

似隐隐闷雷，百吨垃圾缓缓移动了，越来越快，一出车斗，便瀑布般直泄下去。沿途有山石阻挡，垃圾也如水花一样溅开，将余阴市的部分秘密分解。阳光挑动着垃圾，沿山竟是黄金铺就，闪闪烁烁，万般色彩。更有烟尘翻腾回转，紫红青粉，成山中霞气。

翻斗们行过注目礼，缓缓复原。卡车们移动了。

翻斗们复原时，又出一片响声。这响声才是这万山中的信号，一刹那间，又一层瀑布流下去，随之，呐喊声起。

原来沿山有千多人早候在一边，单等垃圾倾完，于是背了背篓，手执二爪耙，拥着欢乐，俯冲下山。鸟儿们却迟了一步，待也俯冲下去，早被人们轰起，又烟一样升高，再俯冲下去，又被轰起，终于散乱。

司机们听见下边语声喧哗，便都笑着，骂着，又是逢弯转弯，遇坡爬坡，方向盘风车一样使，浩浩荡荡，一路回余阴市去了。

坑底的人们，细细将垃圾分类，又快快将所需垃圾丢入背篓。日上一竿，山坡又露出土质，只余斑斑驳驳的汗水残渣，由鸟儿们收拾。人们早已上到坡顶公路，小作休息。

太阳暖洋洋地照在人们身上，背篓中的垃圾也轻轻舒展，做出响音与人语混成一片。人们中有人拿出新奇垃圾向其他人介绍着，推测着那本来的用途，想象着原是何种享受，织成见识，众人也都点头肯定下来。偶有争吵，往往是年轻人仲裁，因为老人们不懂的新事物太多。又偶有人捡得撕碎的情书，拼起来读，常常没有结尾，大约是有情人的不成功之作，那成功之作，大约是在遥远的余阴市中某个角落里小心收着。休息之地，又成市场，人们互相推荐或换下不需或所需的垃圾，于是分类更加清楚。但是最值钱的金属残件是每人保留所得，并不交换的。

山中终于燥热起来，山石也开始晃眼，于是人们纷纷捎起背篓，开始沿卡车们来的路走去。万山之中，蜿蜒着人流。余阴市的废品收购站现在并不忙，知道这时垃圾尚在路上，要到下午，垃圾才会进城，那时倒要费些精力。

垃圾们是最有福的，来去都不必自己赶路操心。尤其这回去，像老爷一样坐着轿子，而且不寂寞，因为人们一路有歌。

万山之中，都在听那歌。此地山民，捎着垃圾，极其快乐，路毕竟长，于是用了各种嗓音，咿咿喂喂地唱起来：

太阳东边升
太阳西边落
好着哩
石头热我脚
爬过山窝窝
高着哩

柴火翻山找

水要回家喝

难着哩

挖个金蛋蛋

回家叫老婆

快着哩

啊嘿嘿

迷路

傻子小时候得过脑膜炎，平时有点儿呆。在学校的时候，常被老师叫起来坐下去。中学没念完，我们就去云南农场了。傻子不太能干活儿，瘦筋干吧的，就起了个念：当卫生员。农场的卫生员，平时不用上山干活儿。谁头疼脑热，给点儿小药，谁磕巴了碰了，抹点儿红蓝药水，要是碰上大事故，就往分场送，再不行，往总场送，还不行，转昆明。真是个操不了大心的差事。我笑话傻子，说他想跟女的抢事儿。傻子说："卫生员也不全是女的。二队的卫生员不就是男的吗？"傻子真就买了本儿《赤脚医生手册》，从头一页语录念起。我有个拐八道弯儿的亲戚，在医大念了八年，才当上医生。我妈那回在他那个医院住院，有点儿什么事儿，这位亲戚还得请老大夫。我把这话跟傻子说了，傻子不泄气，可麻烦也来了。我累狠了，请个病假在床上躺着。他像回事儿似的走到我面前，说："把舌头伸出来。"我把舌头伸出来。他一下就把手指头按在我舌头上，鼓着眼睛往嘴里看。我气得骂起来。舌头怎么能让人乱摸？恶心得我没吃中午饭。

傻子读了《赤脚医生手册》，神神道道，真烦人。什么你有钩虫啦，什么你大概是胃癌早期啦，什么你这腰疼是椎间盘脱出啦。我整个儿成了残废，只配喘气儿等死。可山上他实在干不了的活儿，都是我帮他干完的。干完了，坐下来冒口烟儿，他就打开地上的干活衣服，拿出《赤脚医生手册》嘟嘟囔囔地看。

我七三年得了一场大病，发高烧，糊里糊涂什么也不知道。等知人事了，就看见傻子在身边儿，问他："我是什么病？"傻子想了想，就去翻书，说了一堆关于病因的词儿，可我到底没听出来我是什么病。我在床上躺了半个月，都是傻子伺候的。拉、撒、吐，傻子一点儿不嫌乎。我对他说："傻子，你当大夫行不行，我不敢说，你要当个护士，有富余。"

连队里要盖房。来了这么多年，都是茅草棚子，现在大家觉着可能要在这儿一辈子了，也都拥护着盖房。再说山外的老场，都是瓦房，干净、结实，瞧着是那么回事儿。

盖房要料。椽子、檩、梁，都要木头。木头这儿可不缺。可要一顺儿的料，不易。要进山里找，看哪儿成材的树比较集中，开进一彪人马，先修路，再伐树，用肩扛出来，劈劈锯开，得费不少劲，才能上房。

盖第三栋房的时候，进山找树的活儿派给我和傻子了。我们带上一天的吃食，捏着砍刀，顺山往北去了。为什么往北？不知道。往北就是往北。这儿东南西北都是野林子，往哪儿走都是树，往北有什么不行呢？自打来了这儿，鬼使神差的，北京知青有事就往北，上海知青有事就往东，没什么道理。

我们往北走了半天，都是些曲里拐弯的树，按书上说，就是“婀娜多姿”，中看不中用，谁家的屋脊，也不愿意盖成蛇式的。于是又往前走，可就没路了。我那时候年轻气盛，加上在这儿不少年了，还怕这个？砍！砍出道儿来往里走。队上给这么个活儿，这是脸，不能丢。这原始森林，整个儿一个叫严实。树是高高矮矮，枝搭枝，叶碰叶，藤缠着，树树相连。地上一人高的荒草，乱成一团。想在林子里走痛快？没门儿！得用刀，一刀一刀涮开，砍开个人能钻的道儿，才能一点儿一点儿往前挪。难！

我在前，傻子在后，我们就往北砍去。这样一直走到下午。我忽然觉得不对劲儿。换个样儿说，就是我觉得不是往北了。北是哪儿呢？不明白了。其实说是下午，也是因为腕子上戴着表。这时天阴上来了，从哪儿看出林子去，都是茵的。没有太阳，怎么看出西来？我沉了沉气，没回头，说：“傻子，现在是往哪儿呢？”没听见音儿，回头一看，傻子正抬着下巴转来转去地看，看了一会儿，说：“那边吧？”我说：“‘那边吧？’哪边呀？说准咯！”傻子说：“我反正跟着你，你不是往北吗？”我说：“我找死，你也跟着我找死？我考考你，哪儿是北？不能白干这么多年！”傻子说：“你别考我这个。你考我医药知识吧。”我说：“呸，到这时候了，医药管个屁用！说吧，哪儿是北？”傻子笑了，说：“我看哪，是你找不着北了，借着问我，转转向。接着走吧，我跟着你。”看着他那傻样儿，我开始慌了。

人一迷路，就像做梦。梦急了，还有个大喊一声醒过来的时候。可迷路，是真的，急也不行，越急越迷。这种时候，只有蹲下。我就蹲下了，先定定神儿。傻子以为歇了，也坐下了。他还带着那本手册呢！立刻就翻篇儿看起来。我一肚子火儿，就慢慢地说：“傻子，又学习哪？上头讲哪儿是北了吗？”傻子笑嘻嘻地抬起头来，正想说话，一看我的脸色儿，笑模样儿就定在脸上了，赶紧把书收起来，凑过来，问：“你找不着路了？”我说：“废话！等死吧！”傻子说：“那照原路退回去吧？”这傻子傻，可这句话真是管用的实话，我怎么没想到呢？心里松了一口气，就伸腰躺下去了，点上烟。说：“退回去？料还没找着呢，有什么脸回去？”傻子说：“那就往前找吧？”我噗哧一下乐了。这傻子是真傻，他一辈子也不会懂别人说的是什么。

我站起来，伸了脖子慢慢转着看，瞧有没有熟悉的山头。若能看到熟悉的山头，队上的方向就可以算出来。没有。我后来回城里把迷路的事跟人说了，别人立刻一套一套的什么树的年轮的疏密呀，什么枝叶的趋光生长方向呀，什么树皮色儿的深浅呀。我心里想：嘿！敢情明白人全在城里待着抽烟儿呢！那时候，怎么不飞在半空朝我说这些明白话呢？

反正我们是：迷路了。

傻子也明白了，有点儿慌，催着往回走。我也有点儿慌。天一黑，什么人也得慌。真是老天爷不待见我们，下起雨来了。先躲雨吧。我们俩站到一棵大树下，又不敢靠近树干。在学校老师讲的这点我还记得：一打闪，那电就会顺着湿树往地下走。这湿树干分明是个导体，碰不得。又抬头看看树高不高，高，就招电。树都缠在一起，也分不出高不高。

雨是越下越大。我们一人砍了一张大芭蕉叶，背在身上。不太管事，雨太大了。傻子一把一把地从脸上往下抹水，说："完蛋了，我的书完蛋了。"我也没说什么。

天完全黑了，我们开始哆嗦。林子里一点儿热乎气儿也没有，全叫雨水给带到山下去了。我说："傻子，吃口东西吧。"傻子的牙达达地响，说："吃，吃，吃吧。"我一摸，书包里的饭全泡大了。不管三七二十一，吃了再说。黑暗中，你抓一把，我抓一把，一会儿就全吃了。我说："傻子，咱们可全吃完了。好歹到天亮，赶紧往回走，谁也别充大个儿了。"傻子说："咱们上树吧？"这野林子里，什么虫鸟都有，地下净是水，只有上树，免得碰上野物，叫它们会了我们的餐。

我们拉扯着，好歹上了树，在一个大杈子上蹲坐下了，背靠着背，还暖和一点。这一夜，风没停，雨没住，也不敢睡死，一个栽楞掉下去，不死也伤，迷迷瞪瞪，哆哆嗦嗦，唉，我都不好意思说，还不如在树杈上躲雨的家雀。

可天亮了，雨还没住。赶紧下了树，管他是泥是水，往地上一躺。腿蹲得直抽筋儿，可腰真舒服啊！

我是彻底绝望了，大雨一浇，砍倒的草又长好了，砍的痕迹极难找，慢慢儿找，恐怕也不是一时半会儿就能出去的。这之前，我们傻走了一天哪！傻子是真傻了。我们俩谁也不说话，呆着愣神儿，可谁也明白。傻子说："你说吧，怎么着？我听你的！"态度很坚决。我要有依靠的，我得比你坚决。

我盘算了又盘算，跟傻子说："这么着：咱们在这儿不能动。咱们才出来一天，离队里不会远到哪儿去。若是再走，谁知道是往近走还是往远走呢？现在要保持热量，不能拉屎，不能撒尿。咱们平常撒完尿，不都一激灵吗？那就是尿把热乎气儿带走了，身子骨儿哆嗦呢。这山上，常有老百姓打野物。咱们支着耳朵听着，有个响动，就招呼。见了这种人，咱们就算有救了。怎么样？"傻子说："对，就这么着。可我这尿憋不住了。"傻子就憋着，不敢动弹。

雨慢慢停了，云在山上跑，像野马似的。一会儿，云渐渐高了，山上亮起来。忽然一下，太阳出来了，照得到处鲜灵灵，亮晶晶的。唉，这日子，多好！可我们是在这儿半等死。我说："别在这阴处等死，找个地方晒太阳去，还能补充点热量。”我们站起身找了一个稍微开阔一点的地方，坐在一块大树根上。地气蒸上来，各种小虫儿都活泛了，飞来飞去。我和傻子把衣裳脱下来，光着身子拧，拧干了，先把短裤套在手上挥，干了穿上。又把长衣裳平铺在草地上面，让太阳晒。傻子暖和过来，说：“我可撒尿了？”我说：“这事儿少问我。”他一撒，引得我也撒了一泡，身上真痛快！

我被晒得暖洋洋的，就砍了张芭蕉叶垫在身后躺下了。傻子呢，在旁边一页一页地剥那本手册，极小心极小心地，像揭伤口的疤。我说：“算了吧，一本破书，等出去再买一本。”傻子摇摇头，很伤心的样子，说：“这本儿扔不得，上头有我记的好些心得体会呢，还有偏方。唉，早知道，不用圆珠笔记，这一湿，都洇了。”傻子还是傻，什么时候了，还磨烦这个？昏昏沉沉，我就睡过去了。

忽然我觉得有什么往脸上打我。我一激灵，醒过来，太阳晃得什么也看不清。就听傻子说：“老沫儿！老沫儿！有响动！”我马上蹿起来，叉着腿听。刚醒过来，什么也反应不灵，听不出什么响动，倒是有鸟儿在叫。我正纳闷儿，傻子一把揪住我，慌慌地说：“别是野兽！熊吧？”我也紧张了，难说！傻子说：“走，先上树。”傻子是没进化好，一有事儿就想上树。可这种情况，还是上树稳妥。我们抓了衣服，上了树，光着身子，碰破了不少地方。

确实是有声：刷拉——刷拉，挺重，挺急。我们缩着脖子，瞪着眼睛看。一会儿，远远的，大约有二十米吧，草动来动去。有个东西在走，不是往我们这儿走。正在这时候，那动着的草里，忽然闪过一个头！是人哪！妈，我的亲娘！我不顾一切地大叫："嘿——！嘿——！"生怕佛祖派来的菩萨听不见凡人的声儿，就这么过去了。

草不动了。一个人头转到我们这个方向，远远的，眼睛里一道光闪过来。我和傻子慌慌张张下了树。可一下树，草高了，那个人又看不见了。我和傻子拼命大叫："嘿——！这儿哪！"傻子又叫："救命啊！"我按住他，说："死不了啦，别这么惨。"我和傻子一边儿拿刀涮草，一边儿往有人的那个方向移动。

不一会儿，那个人也蹚过来了。这是个僾尼族，脸黑黑的，光着头，一身黑衣，裤子腿又宽又短，上身敞着，结结实实一胸脯子肉，手里捏一把细长刀，两只又黑又亮的眼睛看着我们，眉微微皱着。我们两个汉人，只穿短裤，都比他高出一头，手里也捏着刀。大家一时竟谁也不说话。

我心里松快极了，就笑着说："我们是农场的。"那个僾尼族汉子上上下下看了我们，嘴里叽叽咕咕地说了几句。真要命！我们来这么多年，僾尼族话不会说不会听。

我们双手推出来，往四面八方做了一个寻找的姿势，又摇摇头，就看着僾尼族汉子。僾尼族汉子笑了，点了点头儿。嘿，他懂！他知道我们迷路了。可是他又摇摇头儿，说了很多话，脸上很是焦急。我以为他误会我做的姿势是想找个游水的地方，就又沉住气做了一遍，之后摇摇头，深深地叹息了一下，把手拽在一起，尽量用最可怜的眼神望着他。他也跟我演开哑剧了，用手在肚子上做了一个凸出的姿势，又摇摇头，哇哇地叫了几句，把刀甩起来，转身就走。我和傻子慌了，提着衣裳和刀，在草里跳着追过去。那傻尼族汉子站住了，回身愤恨地看着我们，傻子突然说话了，不是说话，是也舞动起来了。他用手在肚子上虚摸出一个凸形，又抬起一条脚，从屁股底下往外淘了几下，又挺难看地皱起脸装出哭的样子，再尖着嗓子挤出“哇，哇”的声儿，又把两条胳膊圈在胸前，身子晃来晃去，嘴里“嗯，嗯”地哼。不想那个傻尼族汉子非常高兴，哇哇叫着，连连点头儿，傻子笑着对我说：“他的意思是说，有人生孩子！”我松了一口气，急忙抓住傻子，指着傻子的手，又并起食指和中指，用大拇指慢慢地往一起靠，意思是这个人是个打针的，也就是医生。

那个傻尼族呆了呆，在想，又看看我们，突然走过来，一把抓住傻子，拉了就走。好，那就有门儿！赶紧跟着。我和傻子都还等于光着身，傻子一身的瘦筋在皮底下滚来滚去，踉踉跄跄地脚下绊着草。这原始森林里，其实有好多道儿。可这道儿，打个比方，有点像外省人看北京的胡同，不知道哪条走得，哪条走不得。山上打猎的人，常常有些小路，外人根本看不出来，只有走惯了的人，才能从乱七八糟的树棵子、草丛中走过去。我们就这么紧跟着，翻了一架山，下到了谷地。忽然，那个僾尼族汉子站住了，听了听，又快步往前走，只是不再抓着傻子。我们不敢怠慢，也跟了下去。

前面出现了一个窝棚。这种窝棚，是山上人打猎歇脚守猎物的栖处，极是简陋，可是很实用。眼前这个窝棚，草已经枯了，大概日子久了。一人多长，歪歪的有半人多高。那个僾尼族汉子转过身看着傻子，指了指里面。我想，是不是让先在这儿歇会儿，吃点东西？傻子探进去，一下就跳出来，两眼呆呆地看着我，好像是叫蛇咬了。我也探进去，一看，呵！差点儿没栽倒！

里面暗悠悠的，一双雪亮的眼睛瞧着我，一双手护在肚子两旁，那肚子凸起多高。是个女的！怀着孩子！

那个汉子笑着看我们，心里放下一块石头的样子。反正他也不懂汉语，我就说了："傻子，这明摆着的事，你照量着办吧，我是没这个本事。你多少看过医书，比我强。我没说的，听你的！"傻子慢慢把嘴张开，脸开始白上来，半天，吧唧一下嘴，眼泪就淌出来："你可把我坑了！你跟他说，我不会接生孩子。这是人命关天的事。"我就转脸对那个汉子，想了想该做什么动作，忽然心里咯噔一下，就对傻子说："唉，我说，你不是带着本儿书吗？我翻过，那上面有生孩子的事，还有图。也许她自个儿就生下来了，咱们在这儿照应着，生下来了，算咱们命大。这个偻尼族碰上这么个事，你我即是路人，也要舍命相帮着，更何况现在这个情况。干吧！咬牙！好歹有书，哥们儿在这给你帮着。是死是活，咱们拉出来看。”傻子呆呆地把书从衣裳里摸出来。瞧着这本皱皱巴巴的书，我差点跪下去了，这时候谁拿什么来换，我也不要！

傻子定定神儿，慢慢钻进去，跪下来，用指头捏着那个做妈的手腕子，号着脉。行，他开始像回事了。之后，傻子就把她的裤子往下慢慢移着，我们互相看了一眼，我说：“别胡思乱想了，没什么了不起。”肚子凸出来，黄黄的一大块，傻子慢慢把耳朵贴上去，听了一会儿，笑了。我突然想起来，就在窝棚里用眼找着，只见一个长了苔的瓦罐，残了多半个口，就把它提出来，示意那汉子烧水。那汉子马上就懂，跑走了。一会儿，提来水用刀挖了一条小沟儿，把罐放在上面，下面摆了柴引着，烟就慢慢地升上去，我突然听到树上还有鸟儿叫呢。

傻子在窝棚里叫：“老沫儿，你来！”我急忙过去，看见那女的衣服已被傻子脱下来，又放在肚子上盖着。我低了眼，我还是个小伙子。傻子说：“老沫儿，这本儿书你拿着，翻到这一页。你就不停地念，什么时候我说念下一段，你就念下一段。这样，我就不用看书了。好哥们，可别念错了！”

我跪着，拿起书，捧在胸前，开始大声地念起来，念完一段，就又重复再念。开头几页，念得挺快，越到后来，重复的时间越长。不知念了多久，忽然，傻子啊了一声儿，我慌忙抬起眼，只见傻子满头是汗，喘着气说：“出来头了！混蛋！快念！你个小兔羔子！”傻子头一回这么威风，敢骂我了！好，等回去再说。也许他叫那个血乎乎的小头儿吓着了呢！我急忙又埋下头去，几乎是喊着念有小孩出来头的那幅图的几段文字。声音在野林子里荡来荡去，这时候谁要路过这儿远远听见了，肯定以为不是个笨蛋准备考试就是一个疯子在抽疯。我抽空看了一眼那个汉子，那个汉子双手扶膝跪在地上，看着我，脸上十二万分地严肃，像个听宣讲的教徒。他大概以为我在念咒呢。

我都快念昏过去了，声音开始发飘，舌头和嘴都木了，配合不上，开始南腔北调起来。手也麻了，开始哆嗦。汗从脸上流下来，迷了双眼。我就把书放在地下，擦了一下眼睛，一手扶地，一手按书，接着喊。猛听见傻子在叫：“早叫你别念了，你就听不见，快过来帮我一把。”我浑身酸疼，眼也花了，爬过去，只见傻子手里托着一个粉红肉团儿，说：“你先拿着，小心！”

这就是孩子！谁刚生出来也是这样，瞧瞧你自己小时候吧。一张小脸儿皱得像核桃，眼睛挤着，嘴像没牙老太太，一撅一撅的，身上到处是褶子，小手儿小脚抽筋似的一动一动。头发真黑，一个小卷一个小卷的像非洲人。身上黏糊糊的，我也不嫌脏，这是个生命呀！我像捧着个小太阳，这小子会发光，会烫人呢！千万不能动，这肉多软呀，一动可能就会破。

那个汉子也爬过来，嘴一抽一抽的，只有眼睛笑着。我小心地扭过脖子，对他说：“是个儿子呢！”那个汉子把手擦了擦，伸过手来以为我是让他抱着呢。我急忙大喊一声：“别动！”吓得他一激灵，两只眼凄凄地望着我。我冲他笑笑。

傻子说：“这脐带怎么办啊？”咱们没有手术剪。我想起一个故事，就说：“拿牙咬，吐沫是消毒的。”傻子说：“谁下得去嘴？”我说：“那也不能叫我老这么托着啊！”傻子忽然看见烟了，就说：“对，把刀烧红了，那也是消毒。”我说：“你要给人上刑呀？”傻子一摇头，就站起来，拿过那汉子的刀，走到火沟那儿，把刀伸进去，用嘴吹炭火。一会儿，把刀抽出来，刀中间烧得青白青白的，微微带着烟。傻子把刀递给那汉子，向他示范，在脐带当中来上一刀。那汉子一直愣着，接过刀，看看傻子，又看看我。我大喝一声：“快！”那汉子又看看刀，又伸头看看黑暗的母亲，再看看我，又看看跪着的傻子，脸忽然绷紧了，呻吟了一下，把刀按下去。

一阵青烟儿。一股煳味儿。

孩子在我手上，还是那样，但他终于离开母亲了。人哪！真他妈不易。大了，什么都会干，可这时候儿，得有人帮他活下来。

傻子跪着把两头儿的脐带挽了。长长地舒了一口气，用手抹了一把脸上的汗，立刻一脸血印子。他的肩塌下来，弯下腰，瘦瘦的胳膊支在地上，头向下垂着，背上的汗慢慢往下淌，一滴连一滴，慢慢结成了大汗珠，吧嗒吧嗒往地上掉。

我和那汉子都瞧着他，他一动不动，慢慢地说："我可活过来了，洗洗吧。"我把孩子递给那个汉子，走过去，瓦罐儿里的水滚开着，已经蒸走一半了。我砍了一个芭蕉叶，正要去找水，猛听得大山沟里一个尖细的、亮亮的、从来没有听过的声音响起来，震得山谷嗡嗡的。我回过身，看见傻子只穿着一条短裤，叉着细细的两条白腿，把婴儿倒提着，用手在拍婴儿的背。那婴儿哭起来，傻子把婴儿抱在手上，哈哈大笑："傻小子，看把你都憋紫了，我怎么就忘了你还没哭呢？别哭，别哭，是我的不是。别怨我，我和你一样，都是头一回呀！哈哈哈……"

我腿一软，坐在地上。

水找来了，倒进瓦罐，温温地给婴儿洗，又用衣裳包起来。这个小不点儿又哭了，那汉子抱着，跪进去，放在母亲身边。母亲慢慢地半撑起身子，看了一眼，又软下去，汉子就把婴儿和母亲并排放着。母亲慢慢把眼睛闭上。

傻子说："这儿不是久留之地，快叫这个僾尼族去叫人。"我示意了，那汉子就急急忙忙捏着刀走了。

我和傻子都躺下来，身上软得一点劲也没有，谁也不说话。呆了一会儿，傻子忽然“噗哧”一乐，说：“老沫儿，真屈了你了。你应该去跳舞去。嘿，你学那个找不着路的样子真像洪常青带着小庞一出场，小庞到处探路，绝了！”我也乐了，说：“别小庞呀，我这块儿，可以跳常青指路。吴清华就是三百斤重，我也一手托她起来，投奔苏区！向前进，向前进，战士的责任重，妇女们冤仇深。古有……”我转过头一看傻子，他已经昏睡过去了。

茂林

口渴死，恨不能咬近旁的树皮吮。好林子，一架山森森的引眼。不想再走，情愿将自己栽在这里，也绿绿的活个痛快。

林子不是野生，齐齐的极有章法。山也只是普通的山，却因为树而雍容非常。

正想躺下去，忽然就有咳嗽声，如折干枝而又有韧皮，响响的不断。回身望去，林深处闪出一个老者，眼睛却亮，远远的就有光过来。

老者走近了，如空树般笑，嘴里只有一颗牙装饰着，问：“后生子，赶脚么？”我点一点头，忽然问：“有水么？”老者定定地看着，似在打消他自己提出的疑问，说：“山有好树，就有好水。” 站起来，随他沿齐齐的树走。

并不上坡，走不久，有泥屋一幢，自然有鸡的咕咕声。早就防着有狗，走近了，果然有。半人高的畜牧，黄黄的窜出来，狺狺地屁股调来调去，眼睛却紧盯着。老者不知从什么部位发一声响没，那狗就蹲伏下来，尾巴不停地摇，肚皮一缩一缩地喘。

泥屋像是刚打下的粮食，黄鲜鲜的耀眼。横竖小格的一扇窗，正中一小块玻璃。窗纸还没有酥，这高原上暴雨时节未到，窗纸自然紧紧的像鼓面。

老者推开门，哑哑地朝里说：“有客喝水哩！”一面就跨进去。

灶间极干净，不多的罐罐在暗处都映出方形的门亮。灶台没有一点污水的痕迹，锅盖洗得发白，略略高出灶台一点。一只炊帚如新的一般吊在灶边的墙上。

里屋有轻轻的响动，帘抢在老者前掀开，现出一位婆婆。

这婆婆老而不暗，极是清爽，那眼如一碗温水，消一身乏渴。极恭敬地问了好，被让到炕上坐。

婆婆也不多说，转身去沿墙一条小柜上提过一吊黑釉陶壶，又在炕桌上摆一个小陶碗，斜斜地斟满了，偏着身子坐在炕沿上催着喝。

心下暗暗赞叹，不觉问他们是不是守山林的。

老者蹲在地下，嗬嗬笑着，举手比了一个八字。不觉问：“八年就长成这样好林子？”婆婆宽宽一笑，说：“他有八十了。”老者脸上闪出些光，说：“这一辈子，就是给人守林呢。”

于是透窗望去，再想看那些树。不料目光再也不能远，只定在窗上。

好剪刀。

原来窗纸上，反面贴了许多剪纸窗花：公鸡、母鸡、小兔、大狗、偷油的鼠、骑驴的媳妇子，又有一个吃烟的老汉，还有一个织布的女子。都剪得大气，粗如屋檩，细若游丝。那鸡那狗那兔那鼠，若憨若巧若痴若刁，闹闹嚷嚷，上上下下，一时竟看呆了。

婆婆见不喝水，就说："有甚好看？这东西家家都有的呢。"我点点头说："有是都有，可这些铰得好，铰得奇，不一样哩！"老者站起来，走出去，磕一磕烟锅，又进来，说："好的都在柜里头哩。"当然执意要看。

婆婆竟有些腼腆，笑着从柜里取出一个纸包，打开，各色的纸都有。看那包的纸，是一张极早的《陕西日报》，黄了，只是不坏。婆婆将各色纸铺开，一时我竟喜得哑住。

只见各种人物极古极拙，怕是只有秦腔才吼得动，又有房屋竹树，都奇诡异常，满纸塞而不滞，通而不泄。

婆婆说："这是四旧哩！你是客，喜欢这些，又看了走路，不怕的。"

忽然看到一张，再明白不过，却被婆婆拿过去，放回柜里。老者嘀嘀笑了，说："你是讨了媳妇的了？这一张，是老辈子结婚时，剪给新人的。庄稼人话粗，可后生子不一定会干那事哩。哪个耐烦去说？自己看看就明白，养出儿女，不怕绝后哩！"婆婆也笑，我也笑，又去看别的。

忍不住，问：“婆婆可能为我铰一个？”婆婆说：“呀！老了呢！”急忙说：“不怕的。会的不难，难的不会。”老者说：“这个同志喜欢，你就铰，怕甚？”婆婆就在炕里摸出一柄剪刀，奇大无比，心下疑惑，只不言语，看她铰。

婆婆一脸欣喜，忽然消失掉，皱纹拙起来没。并不马上铰，对着纸沉思半晌，才将剪上纸边。之后竟再也看不出婆婆如何铰，只觉得游剪如龙，落纸纷披。看看老者，眼温温地虚着，忽然睁开，盯着一块落在地上的纸，探身舒手，枯指聚起来，纸便被捏到炕上，仍眼虚着蹲回去。

再看婆婆时，正将大剪放在盘着的腿上，扭身向亮处举手照一照，动一动嘴，并不说什么。我待要看，婆婆已经递过来。

这是一只牛，肚上一朵大梅，如风火般转。牛额上也散星月般空白。眼睛一只巨睁着，令支开的四蹄如怒如奋，另一只则似偷窥，支开的四蹄反而是闪避不及的慌张。正仔细沉吟着，就听见老者说：“牝牛哩。”婆婆说：“就是这个牛哩。”我说：“铰得实在好。”老者说：“喝水，喝水。”婆婆说：“铰了是为自家欣喜。”

喝一口水，仔细将纸牛夹好，放进袋里，说：“不敢多要，这张是一定自己收好。”

老者和婆婆一起看我，说：“也值得收藏？”却是笑笑的。我说：“若婆婆有空闲，我倒还想要个人物的。”

便用眼睛询问着。

口不再干，只懒懒的乏，便只靠了墙斜倚着。看婆婆铰，听老者蹲着咳，还听狗狺狺的。鸡大约是养出了蛋，紧着叫，便斜过眼，将感激寄托出去，在那林上。

你这个名字怎么念

堪萨斯州多好农地，广大，略有起伏，种着苞谷。苞谷快收了，一般高矮，一片灰黄。不过从车里望出去，灰黄得实在单调，车开得愈久，愈单调。

偶有棉田。两个人坐在路边白房子前，有车开过去，瞥也不瞥，呆看着棉花地。

从后视镜里望他们，愈来愈小了。发什么呆呢？棉花出了问题？第一次种棉花，新鲜？棉花向来是南方种，收获时，黑人一边摘棉花，一边唱歌。这种工我打不得，做起来像个哑巴，总不能唱“喜摘公社丰收棉”吧？

车开久了必须胡思乱想，否则没意思。两眼呆滞，将爱情发展到床上；杀人无声；长寿五百。结果世间没有新鲜事，都干过都见过都明白，于是怨恨科学为什么延长生命法律又不许安乐死，三十岁正好嘛。

所以那两个人在胡思乱想，我胡思乱想那两个人。

堪萨斯从来就种棉花，白人收，不唱歌，喝啤酒，酒后开车，忽然车停了，遍地白光，不是棉花，好家伙外星人，掳到飞碟上，绑在台子上研究研究，一刀划开，喷绿血，溅到脸上，舔舔，嘿，挺甜的。

奇怪的是，这美国的地怎么变蓝了？

一个人倒立着靠近，问："还好吧？"

这是翻车了，什么时候睡着的都不知道。

地应该这样种，一英里棉花，一英里苞谷，一英里小麦，一英里随便什么，之后再一英里苞谷，一英里小麦，一英里随便什么，一英里棉花。

一百英里都是苞谷，肯定翻车。

不过靠近的人还是问："还好吧？"

轮到我倒立着说："目前还好。"

从车窗里爬出来。车滚了一周半，罐头榨菜，四川郫县豆瓣酱，商务印书馆香港版《英汉小辞典》，镇江香醋，三三书坊吴念真朱天文《恋恋风尘》，小磨香油，花椒粉，中华书局钱钟书《管锥编》第三册，筷子，民国三十二年初版上海开明书店李述礼译斯文·赫定《亚洲腹地旅行记》，牙签，康泰时照相机，牙刷，内裤，八八年版全美公路图，辣椒油，毫不相干散落堪萨斯州。

警车闪着灯过来了。早就立在远处的几个农人已经在管理临时交通，路过的车慢下来，开车的人看不到躺在地上的人，疑惑着过去了。

一个警察过来，两只眼睛蓝得像穿过脑袋看得见天的两个洞。

"还好吧？"

"还行。"

"摇摇脖子试试？"

摇摇脖子。

警察于是去看车，点一点头，要了我的驾驶执照，支高了一条眉毛开始记录，右手食指少着两个关节。

"洛杉矶来。嗯，到哪儿去呀？"

"芝加哥。"

"去芝加哥干什么呀？"

"芝加哥……是个有名的城市呀。"

"也是麦当劳，也是加油站，有什么意思。坐'灰狗'走吧，车报销啦。你这个名字怎么念呢？"

"阿——城。"（Acheng）

"阿——欠？"

相当接近。不能为难一辈子第一次说汉语的人，这个名字已经为难过许多州的许多人了。因为没信教，改叫"麦寇""彼得"都不合适，改个"拱门"（Arch）或"小圆门儿"什么的就方便了。

已经有个牵引车将我的车翻过来，于是收拾散落的东西到车里去。钥匙还在位置上，碰碰运气，一扭，引擎发动了，非常平稳。

"警官，我可以接着开这辆车走了。"

"你就抽风吧，车顶都瘪成什么样儿了。"

"把顶锯掉，弄成了敞篷挺好的，这一路上天儿不错。”

“法律禁止这么做。不过镇上有辆二手车，价钱还可以，愿意成交，买了就能上路。你来找我吧，报告单上有我的名字。”

坐上牵引车到小镇，一个麦当劳，一个加油站，一个小教堂，一个十字路口，一扇窗户的帘子掀开条缝，一张脸凑近玻璃。

牵引车司机就是废车店的掌柜。老婆年轻时一定漂亮过，手上有模有样地夹着支烟，吐出一口，将脸退后，烟于是自原地浮高。

“五十块钱怎么样？”

“六十吧。”

“啊哈，你想卖出房子的预付款？五十五好了。”

“行啊，那就别收拖车费了。”

“嗯——你这个名字怎么念？”

“阿——城。”

“阿——欠？”

“不必麻烦，打个喷嚏试试。”

“嗨，甜心，来打个喷嚏看看。”

“甜心”掌柜一脸皱纹正进来，仰起脖子看好屋顶，眨着眼真打出个喷嚏：“阿——欠！”

里屋有个女孩子大笑起来。老婆说这是我们丫头，上高中了。“甜心”马上递过来一张照片：“这是我们小子麦寇，大学足球队的。”

照片上的麦寇脖子比头粗，我说麦寇像母亲，“甜心”耸耸肩，“也许吧。”

拿了五十五块钱，出门，院子里已经摆好第二十七辆废车，看了一会儿，真是对不起它，已经跑了二十几万了，上路前还给它换了四只新鞋呢。

杂物装在提箱里，找警官去看看那辆二手车吧。

镇上杳无人迹，热，无风，包围小镇的苞谷当然也就没有声音。

忽然背后远处一声嘹亮：“阿——城！”

音正腔圆，好个不露面的大丫头。

图书在版编目（CIP）数据

遍地风流 / 阿城著. —南京：江苏凤凰文艺出版社，2016

（阿城文集）

ISBN 978-7-5399-9057-6

Ⅰ. ①遍… Ⅱ. ①阿… Ⅲ. ①短篇小说—小说集—中国—当代 Ⅳ. ①I247.7

中国版本图书馆 CIP 数据核字（2016）第 043799 号

书　　名　遍地风流

著　　者　阿　城
责任编辑　黄孝阳　汪　旭
出版发行　凤凰出版传媒股份有限公司
　　　　　　江苏凤凰文艺出版社
出版社地址　南京市中央路 165 号，邮编：210009
出版社网址　http: //www.jswenyi.com
经　　销　凤凰出版传媒股份有限公司
印　　刷　唐山玺诚印务有限公司
开　　本　880 毫米 × 1230 毫米　1/32
印　　张　9
字　　数　160 千字
版　　次　2016 年 3 月第 1 版
印　　次　2021 年 10 月第 11 次印刷
标准书号　ISBN 978-7-5399-9057-6
定　　价　52.00 元

江苏凤凰文艺版图书凡印刷、装订错误，可向出版社调换，联系电话025-83280257